KB040116

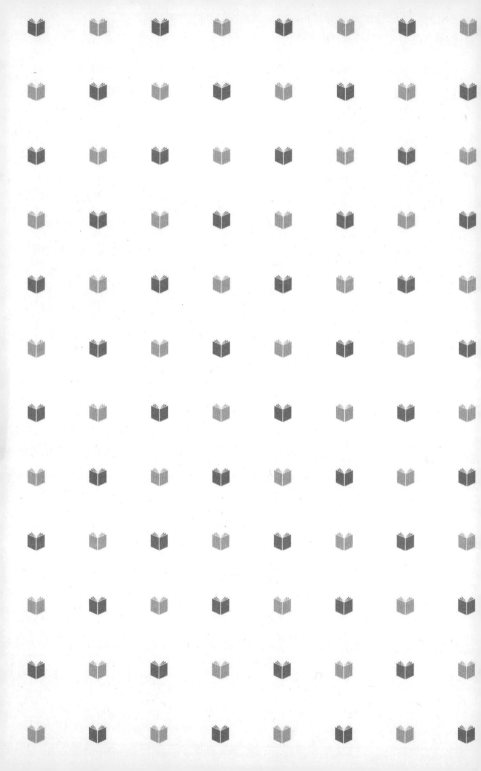

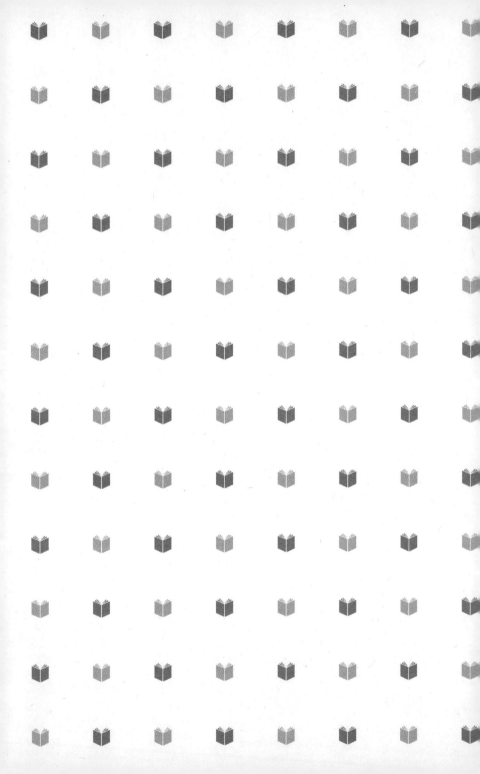

우리는
독서모임에서
읽기, 쓰기, 책쓰기를
합니다

우리는 독서모임에서
읽기, 쓰기, 책쓰기를 합니다

초판 1쇄 발행 2018년 2월 22일
초판 2쇄 발행 2019년 5월 22일

지은이 남낙현
발행인 송현옥
편집인 옥기종
펴낸곳 도서출판 더블:엔
출판등록 2011년 3월 16일 제2011-000014호

주소 서울시 강서구 마곡서1로 132, 301-901
전화 070_4306_9802
팩스 0505_137_7474
이메일 double_en@naver.com

표지종이 앙상블 e클래스 화이트 210g
본문종이 그린라이트 80g

ISBN 978-89-98294-38-0 (03800)

도서출판 더블:엔은 독자 여러분의 원고 투고를 환영합니다. '열정과 즐거움이 넘치는 책'으로 엮고자 하는
아이디어 또는 원고가 있으신 분은 이메일 double_en@naver.com으로 출간의도와 원고 일부, 연락처 등을
보내주세요. 즐거운 마음으로 기다리고 있겠습니다.

우리는
독서모임에서
읽기, 쓰기, 책쓰기를
합니다

독자에서 저자로 성장해가는
3단계 독서모임 활용법

:: 남 낙 현 지 음 ::

더블:엔

'독서모임이 왜 좋은가?'
에 관한 이야기가 아니라

'독서모임을 어떻게 활용할 수 있는가?'
에 관한 이야기를 하려 한다.

이젠, 책만 읽는
독서모임의 패러다임을 바꿔야 한다.
읽기가 쓰기로, 쓰기가 책쓰기로
발전해야 한다.
삼독모임을 통해
누구나 독서, 글쓰기, 책쓰기를 할 수 있게 된다.

나는 독서모임에서
세 번 배웠다

. . . . . .

"당신 개는 사람을 무나요?"
"아니요, 순해서 안 물어요."
"착한 강아지군요."
개를 쓰다듬어주려는데 개가 손을 물었다.
화가 난 사람이 개 주인에게 따졌다.
"아니, 당신 개는 사람을 물지 않는다면서요?"
옆에 있던 사람이 말했다.
"그건 제 개가 아닌데요."

개 주인이 아닌, 그냥 옆에 서 있는 사람일 줄이야!
유머에 반전이 있으면 더욱 재미있다. 내가 3개의 독서모임(읽기 모임, 쓰기 모임, 책쓰기 모임)을 만들 때에도 매번 반전과 배움이 있었다. 나는 독서모임에서 세 번 배웠다.

첫째, 읽기 모임 : 참여하는 것만으로도 독서습관이 만들어진다.

둘째, 쓰기 모임 : 글은 '써야 써진다.'

셋째, 책쓰기 모임 : 누구나 책을 쓸 수 있다!

독서모임을 3개의 큰 카테고리로 나누어 삼독모임(읽기, 쓰기, 책쓰기 모임을 우리는 '삼독모임'이라 부른다. 이 책에서도 앞으로 '삼독모임'으로 부르기로 한다)을 진행했을 뿐인데 나는 이렇게나 많이 배웠다. 놀라운 건 모임에 참가한 다른 사람들도 나와 비슷한 경험을 하고 있다는 점이다. 독서와 글쓰기를 즐길 뿐 아니라 책을 출간하는 회원들도 등장하기 시작했다.

많은 사람들이 독서모임이 좋다는 말에 관심을 보이고 참여를 하지만 정작 '독서모임을 어떻게 선택할 것인지' '모임을 어떻게 활용할 수 있는지'에 관한 정보는 부족한 실정이다. 독서모임이 왜 좋은지에 대해서만 생각해보았지 어떻게 이용할 것인지는 접근해보지 못했기 때문이다.

이젠 독서모임에도 새로운 패러다임이 필요하다. 각자에게 맞는 맞춤형 독서모임도 필요하고, 독서뿐 아니라 글을 쓰고 책쓰기까지 할 수 있는 확장형 독서모임으로 연결되어야 한다. 이 책은 삼독모임을 통한 독서모임 활용법에 관한 이야기를 담고 있다. 삼독모임이 독서모임 기획자 및 운영자는 물론 현재 활동중인 회원들에게도 다양하게 활용되었으면 한다.

"흐르는 물은 웅덩이를 채우지 않고는 앞으로 나아가지 않는다."

〈맹자〉 진심 편에 나오는 말이다. 읽기 모임을 하다 보니 그것이 넘칠 때 쓰기 모임이 만들어졌고, 쓰기 모임이 무르익을 때 책쓰기 모임이 만들어졌다. 그렇게 7년간 삼독모임을 진행해오며 독서모임의 힘은 결국 함께하는 '사람'에게서 나오는 것임을 절실히 느꼈다.

얼마 전, 읽기 모임 장소인 카페에 일찍 나가 사람들을 기다리고 있는데 카페 주인이 물어온다.

"돈벌이가 되는 것도 아닌데 모임을 계속하는 이유는 뭔가요?"

"하다 보니 습관이 돼서요."

평소에 진지하게 생각해보지 않았던 내용이라 진담 반 농담 반으로 대답했는데, 그러고 나서 이유를 곰곰이 생각해보았다. 답은 '풍요로운 삶'을 위해서였다. 독서모임이란 공간은 현악기의 울림통과 같다. 여러 줄이 음색을 내면 그것이 울림통을 통해 소리가 섞이고 커진다. 내가 독서모임을 계속하는 이유는 '풍요로운 삶'을 만드는 울림통 같은 공간을 만들고 싶어서였다.

내가 진행하고 있는 독서모임에 참여하는 사람들은 대부분 30~40대 바쁜 직장인이다. 퇴근 후 바로 오느라 저녁도 먹지 못한 채 허겁지겁 달려오는 사람도 많다. 그렇게 애쓰며 꼬박꼬박 독서모임에 나오는 이유는 함께 소통하며 배우는 무언가의 '힘'을 알기 때문이다.
많은 사람들이 삼독모임을 통해 자신을 성장시키고 삶을 풍요롭게 만들어갈 수 있다면 좋겠다.

마지막으로, 이런 풍경을 상상해본다. 직장이나 동네 골목에서 삼독모임에 참여한 사람들이 옹기종기 모여 정겹게 이야기하는 풍경을….

남낙현

CONTENTS

머리말 : 나는 독서모임에서 세 번 배웠다 ─ 6

1부
,
선택

1장 삼독모임   똑같은 독서모임은 없다 ─ 17

30~40대, 맞춤형 독서모임이 필요하다 ─ 23

독서모임, 패러다임을 바꿔라 ─ 28

삼독모임으로 나눠라 ─ 33

독서놀이터 ─ 39

참여는 마라톤처럼 ─ 45

사람공부, 인생학교 ─ 53

참여할까? 만들까? ─ 59

2부
,
참여

2장 1단계_ 읽기 모임 책, 차라리 나중에 읽어라 — 65

읽기는 삶의 깊이다 — 69

다양한 읽기 진행 — 75

책읽기에도 전략이 필요하다 — 82

독서 노트, 정리보다 배설에 가깝다 — 88

A4 한 장의 힘 — 94

'사람책' 독서 — 100

혼자 읽는 책, 함께 읽는 책 — 106

기록을 남겨라 — 113

셀프리더 모임 풍경 — 118

▸ 독서모임 회원노트 1_ 셀프리더 류창선
▸ 독서모임 회원노트 2_ 셀프리더 상산
▸ 독서모임 회원노트 3_ 셀프리더 한현미

3장 2단계_ 쓰기 모임   쓰기, 완벽하지 않아 더 즐겁다 ― 133

15분 글쓰기 ― 139

글은 그 사람을 닮아간다 ― 146

쓰면 써진다 ― 151

책쓰기 통로 ― 155

쓰기 모임 진행 ― 160

첫눈 모임 풍경 ― 164

▶ 독서모임 회원노트 4_ 첫눈 이일정
▶ 독서모임 회원노트 5_ 첫눈 정현선

4장 3단계_ 책쓰기 모임   나는 30년간 독자였다 ― 173

누구나 작가다 ― 178

우리는 독서모임에서 책도 쓴다 ― 183

모임 기간을 정한다 ― 188

책쓰기 순서 ― 194

매일 한 장을 쓰는 습관 ― 201

책쓰기 놀이 ― 206

'우독책' 모임 풍경 ― 210

▶ 독서모임 회원노트 6_ 우독책 김미중
▶ 독서모임 회원노트 7_ 우독책 노은지

5장 삼독모임 로드맵   삼독모임 3단계 로드맵 — 221

읽기(2년) 활용법 — 227

쓰기(1년) 활용법 — 232

책쓰기(1년) 활용법 — 235

맺음말 : 독서모임이란 울림통이다 — 237

부록 : 독서모임 포인트 37 — 240

우 리 는   독 서 모 임 에 서
읽기, 쓰기, 책쓰기를 합니다

이 책을 편집하며

◆ 보조용언과 전문용어는 띄어 쓰지 않고 붙여 썼습니다.

◆ 글쓰기, 책쓰기, 선정도서, 한 권의 책 등의 용어는 문장 내에서 다소 어법이
맞지 않더라도 이해도를 높이기 위해 관용적으로 표기했습니다.

1부

,

선택

· · · · · ·
· · · · · ·
· · ·

· · · · · · · · · ·

행동하는 데 있어
너무 소심하고 까다롭게
고민하지 말라.
모든 인생은 실험이다.
더 많이 실험할수록 더 나아진다.

— 릴프 왈도 에머슨

1장, 삼독모임

:

:

....

똑같은
독서모임은
없다

독서가 좋다! 독서모임이 좋다!

주위에서 많이 듣는 말이다. 우리는 독서모임에 대해 막연하게 좋은 것으로 생각하고 관대하게 대하는 경향이 있다. 내가 독서모임에 참여하면서 궁금했던 부분은 '왜, 좋다는 독서모임을 그만두는 사람이 생기는 것일까?' 였다.

독서모임에 처음 나오는 사람들은 보통 이렇게 말한다.

"독서 초보인데요. 모임에 나가도 되나요?"

"혼자서 읽으니 제대로 읽는 건지 모르겠어요. 그래서 참여하고 싶어요."

"나가고는 싶은데, 어색하고 약간 두려워요."

"독서모임에서 책만 읽나요? 아니면 글쓰기 같은 것도 같이 하나요?"

이러한 질문과 걱정 속에는 참여하고 싶은 사람의 여러 가지 복합적인 생각이 담겨 있다. 낯선 곳에 나가려니 어색하고 용기가 나질 않는다. 독서모임이 어떻게 진행되는지도 궁금하고, 여러 사람과 같은 공간에서 책 얘기를 하는 것에 대해 기대감도 있다. 처음 모임에 나오는 발걸음이 가볍지만은 않다. 특히 이제 막 독서를 시작하려는 초보자는 부담감이 배가 된다. 대부분 독서 고수들일 텐데 내가 모임에 좋지 않은 영향을 주면 어쩌나 하는 걱정도 생긴다. 여하튼 이런저런 어색함과 낯섦을 뒤로하고 용기를 내서 독서모임에 문을 두드린다. 그렇게 힘들게 결심하고 나왔는데 몇 번 참석을 한 뒤 독서모임을 포기하는 경우가 많다. 사실 꾸준히 참여하는 사람보다 중간에 그만두는 사람이 월등히 많다. 왜 그런 것일까?

독서모임에 참여하는 회원 입장에서 모임을 기획하고 진행하는 리더 입장으로 바뀌면서 나는 생각보다 독서와 글쓰기를 하고 싶어 하는 사람들이 많다는 걸 알게 되었다. 내 스마트폰 주소록에 지난 2년간 모임에 나오고 싶어 연락을 주고받은 사람들 번호만 200개 정도 저장된 걸 보고 새삼 또 놀랐다. 블로그를 통해서도 독서모임에 관해 문의해오는 사람들이 많다. 예상보다 독서모임에 대한 관심도는 높았다. 누군가와 함께 같은 책을 읽고 글을 쓴다는 건 분명 매력있는 일이다. 그런데도 왜 많은 사람들이 도중에 독서모임을 그만두는 것일까?

처음에는 개인의 열정과 끈기가 부족해서라고 생각했다. 그러나 그보다 앞선 문제는 '선택'에 있었다. 독서모임은 대부분 운영자가 기획하면 참여자들이 따라오는 방식으로 진행되기 마련이다. 독서모임 기획·진행자와 참여자의 취향과 수준이 모두 같을 수 없기에 서로 충돌이 생기기도 한다. 이 접점을 찾으려면 서로 협의가 필요하다. '독서모임은 좋다'라는 막연한 환상에서 한 발짝 떨어져서 들여다보면 독서모임을 올바르게 활용하는 열쇠를 찾을 수 있다.

•◦ 모든 독서모임에는 각각의 개성이 있다

이것만 간파하면 나에게 맞는 독서모임을 찾는 일이 어렵지 않다. 각각 개성이 다른 독서모임을 살펴보고 나에게 맞는 곳을 선택한다면, 포기하지 않고 꾸준히 참여할 수 있을 것이다. 그런데 현실에서는 대부분 그저 책 읽는 모임이라는 틀에 자신을 맞춰보려 한다. 독서모임은 책을 좋아하는 사람들이 모이는 곳이지만 참여하는 사람들은 각양각색이다. 어릴 적부터 책을 좋아한 사람도 있고, 이제 독서를 해보고 싶어서 나오는 사람도 있다. 또 글을 쓰고 싶어 나오는 사람도 있고, 더 나아가 자신의 책을 쓰고 싶어 하는 사람도 있다. 수준과 취향이 모두 다른 사람이 '책'이라는 공통점을 가지고 만나는 곳이 독서모임이다.

우리 주변에는 수많은 독서모임이 있다. 책을 읽고 감상을 발표하거나 주제를 가지고 토론을 하는 모임도 있고, 더 나아가 다양한 기획으로 운영의 묘미를 발휘하는 모임도 있다. 세밀하게 들어가보면 거기에도 다양한 모습들이 존재한다. 같은 책을 함께 소리 내서 읽는 낭독모임도 있고, 각자 읽고 싶은 책을 보고 자신이 사유한 이야기를 나누는 모임도 있다. 겉에서 본 독서모임은 비슷한 것 같지만 참여해보면 그 안에서 진행되는 모습은 천차만별이다. 모든 독서모임에는 각각의 개성이 있다. 독서모임이 어떻게 진행되는지 관심이 없다면 나도 모르는 사이 억지로 끌려가는 수도 있다. 나는 책을 읽고 발표하는 게 좋은데 참여한 모임에서는 글쓰기를 주로 한다면 문제가 생긴다.

급하다고 바늘허리에 실 매어 쓸 수 없다. 급한 마음에 서둘러서는 안 된다. 내가 원하는 딱 맞는 곳을 찾는 것이 우선이다. 물론 직접 참여해보지 않고는 나에게 맞는지 안 맞는지 알 수 없다. 참여해서 모임이 어떻게 진행되는지도 살펴보고 사람들과 모임 분위기를 경험해보는 게 좋다. 일부 모임은 정회원으로 등록을 하거나 회비를 미리 내야 참여할 수 있다. 그런 곳은 한 번 참관해보고 결정할 수 있는지 양해를 구해보는 것도 좋다. 대부분은 허락해준다. 만약 가입해야만 모임에 참여할 수 있다고 하는 폐쇄적인 곳이면 깨끗이 단념하고 다른 곳을 찾아보는 게 낫다.

참석한 모임에서 진행을 유심히 살피고, 궁금한 점을 물어보고 선택한다면 거의 자신의 결정에 만족할 것이다. 내가 추구하는 방향과도 맞고, 기획의도도 내가 원하는 방향으로 진행이 되고 있는 곳이라면 훌륭한 배움터가 될 수 있다.

●○ 나에게 맞아야 즐길 수 있다

독서모임에 나가기 전, 나는 1년 정도 혼자 책을 읽었다. 한 권의 책을 통해 한 사람의 인생을 알 수 있다는 매력적인 사실 덕분에 새로운 세상을 만난 것 같았다. 그런데 혼자 책을 읽다 보니 '다른 사람들은 어떻게 책을 읽을까?' '어떤 생각을 할까?' 궁금해졌고, 그 관심이 독서모임으로 향했다. 처음 나간 독서모임에서 '이곳이 나에게 맞는가'를 깨닫는 데 1년이 넘게 걸렸다. 나에게 맞지 않으면 관두면 그만이라고 생각할 수 있을 것이다. 그런데 독서 초보인 데다 또 독서모임이 무엇인가 생각해보지 않고 참여한 곳이라 판단이 서지 않았다.

처음 참여한 곳은 자기계발서를 읽고 실천하는 독서모임이었다. 꿈을 크게 꾸고 상상하라는 말이 있다. 그곳은 성공한 사람 위주의 책을 읽으며 실천하려는 모임이었다. 나름 일리가 있다고 생각하며 모임에 적응해보려 했지만 그러면 그럴수록 내가 독서 모임을 통해 얻고 싶은 것과 점점 멀어져가고 있었다. 읽는 책은 자기계발서 범주에서 벗어나기 어려웠다. 소설을 읽는 것도 분위기상 자꾸 외면할 수밖에 없었다.

새 옷을 입으려면 헌 옷을 벗어야 한다. 1년 동안 나간 독서모임에서 나는 맞지 않는 옷을 억지로 입으려 했다. '책'이라는 공통점을 가진 사람들과 다양한 소통을 통해 또 다른 울림을 듣고 싶었다. 그러나 그 독서모임은 내면의 풍요로움보다 성공을 지향하는 자기계발식 기획 모임이었다. 그 모임이 좋으냐 나쁘냐의 문제가 아니라 나의 관심과 목적에 맞지 않았던 것이다.

1년이란 시간이 걸려서야 깨닫게 된 아주 소중한 경험이었다. 독서모임이라고 해서 다 똑같은 것은 아니다. 나 자신에게 맞는 독서모임을 찾는 것부터 시작해야 한다. '독서모임은 좋다'라는 맹목적인 프레임에서 벗어나는 것만으로도 올바른 선택을 할 수 있을 것이다.

 독서모임 포인트 1 ....

어렵게 결정하고 선택해서 독서모임에 참여하지만 꾸준히 계속하는 사람보다 중간에 그만두는 사람이 월등히 많다. 독서모임은 책을 좋아하는 사람들이 모이는 곳이지만 참여하는 사람들의 수준이나 취향, 개성은 각양각색이기 때문이다. 모든 독서모임에는 각각의 개성이 있다. 그러기에 더욱 접근방법을 알아야 한다. 시작은 '나 자신에게 맞는 독서모임을 찾는 것'부터여야 한다.

30~40대,
맞춤형 독서모임이
필요하다

독서모임에는 대부분 30~40대가 많이 참여한다. 물론 젊은 20대나 50대 중년도 있지만 대부분 직장생활과 육아 등으로 정신없는 30~40대들이 바쁜 일상을 쪼개서 열심히 독서모임에 나온다. 그들이 독서모임에 나오는 이유는 다양하다. 다른 사람들은 어떤 책을 읽는지 독서는 어떤 방법으로 하는 게 좋을지 궁금해서 오는 이도 있고, 바쁘다는 핑계로 책을 읽지 않는 습관을 고치고 싶어서 나오는 사람도 있다.

●○ 30대, 엄마라는 이름

30대, 가정과 직장을 오가며 '엄마'라는 이름으로 살아가는 분들이 독서모임에 나온다. 내가 진행하는 모임에는 직장인들이 많아 주로 저녁에 모인다. 어린 자녀를 맡길 여건이 되지 않는 엄마는 아이를 데리고 오기도 한다. 엄마로 살아가는 그녀들의 하루는 눈 깜짝할 사이에 지나간다는 표현이 맞을 것이다. 그런 바쁜 일상에서도 그 누구보다 열정적으로 모임에 참여한다.

한 회원은 독서모임에 참여하면서 자신이 아이들 엄마로서만 살았지, 자기 자신을 소중하게 느끼지 못했다는 걸 깨달았다고 했다. 자신에게 자존감이 부족하다는 것을 알고 난 뒤 그녀는 자신에게 시간을 투자하고 운동을 시작하면서 항상 지쳐있던 몸도 활력을 찾았다. 아이가 우선이던 생활에서 벗어나 자신도 아이만큼 소중하다고 깨닫고 나니 그동안 짜증스러웠던 시간들이 사라졌다. 덕분에 아이에게도 더 여유 있는 엄마가 되었다. 그런 계기를 만들어준 것이 바로 독서모임이란 공간이었다.

●○ 40대, 직장인

40대, 몸이 아파서 잠시 휴직을 하고 독서모임을 찾은 분이 있다. 쉬는 동안 운동도 해보고, 여행도 다니며 지친 몸과 마음을 추슬러 보았지만 해답이 되지 못했다. 그래서 독서모임을 찾은 것이었다. 쉽지 않았지만 용기를 내서 참석했다. 직접 와보니 책을 읽은 사람들과의 소통은 평소 자신이 사회생활을 하며 만나 교류하던 사람들의 세계와 다른 것이었다. 독서를 하면서 많은 위안과 용기를 얻었다. 독서모임에 참석해 자기 생각을 사람들에게 이야기하는 것만으로도 생기가 돌았다. 책을 통해, 또 사람들을 통해 다양한 시선을 배우는 것이 즐거워졌다. 자신의 고민을 다른 각도에서 바라볼 힘도 생겼다.

비슷한 처지에 있다고 해도 삶을 대하는 태도는 각자 다르다. 함께하는 사람들을 통해 나의 부족한 점을 돌아보기도 하고, 문제에 부딪쳤을 때 현명하게 대처하는 여러 모습을 보고 들을 수 있는 공부방이 바로 독서모임이다.

●○ '누림'을 함께 배우는 공부방

30~40대는 사회에서 샌드위치처럼 중간에 위치한 세대다. 독서모임에서 이들은 가장 활발하게 대화하고, 토론을 주도한다. 무엇이든 받아들이는 것도 빠르고, 경험도 적당히 갖추고 있어 이해의 폭도 넓다. 각자의 개성도 뚜렷한 편이다. 다양한 분야의 책을 읽는 것도 다른 세대보다 두드러진다.

어쩌면 30~40대는 새로운 것을 받아들이는 공부에 최적화된 나이라고도 할 수 있다. 다양한 사람들과 소통할 수 있는 공간에서의 배움, 경쟁에서 뒤처지지 않으려는 관점에서 벗어난 새로운 배움이 필요하다.

정규교육과정에서 '누림'이란 것을 배우지 못했던 우리는 누림을 가르쳐주는 것에도 인색하다. 과학이 발달하면서 로봇이나 자동화로 인해 점점 인간이 할 수 있는 일이 줄어들고 있다. 이제는 분명 축적보다 누림을 배워야 하는 시대다. 독서모임이라는 공간 안에서 함께 읽고, 쓰고, 책쓰기를 공유하다 보면 자신만의 시선에서 벗어나 다양한 다른 세계를 만날 수 있게 될 것이다. 체온이 있는 책, 개성이 다른 사람들과의 소통을 통해 공부의 폭이 더 깊어질 수 있다.

●○ 맞춤형 독서모임 공부가 필요하다

삼독모임(읽기 모임, 쓰기 모임, 책쓰기 모임)에서 우리는 서로에게 배우는 게 많다. 모임 활동을 하며 생각하는 폭이 넓어지고, 일상적인 사고에서 벗어나려는 노력을 하게 된다. 독서모임을 통해 서로가 조금씩 변화되어 가는 것을 보니, 에릭 시노웨이와 메릴 미도우가 쓴《하워드의 선물》에 나오는 전환점에 관한 이야기가 떠오른다.

"전환점이란 지금까지와는 전혀 다른 방식으로 생각해보라는 일종의 신호인 셈이야."

독서모임이라는 공동의 배움터가 '전환점'을 만나는 공간이 되었으면 한다. 특히 30~40대에게는 독서모임에서의 공부가 더 필요하다. 조금 더 여유로운 생각을 갖게 되고, 작은 것에 감동하는 시선을 독서모임이라는 집단 공동체를 통해 배웠으면 좋겠다. 특히 '누림'의 새로운 공부를 하는 계기가 되었으면 한다.

이 배움은 혼자서 하는 것보다 집단적 공간에서 서로 소통하고 토론하는 과정에서 더 큰 울림으로 다가온다. 독서모임에서는 책만 읽는 게 아니라 그 책을 읽은 한 사람을 읽는 것이다. 책 아닌 '사람'을 만나는 것이다.

 독서모임 포인트 2 ....

30~40대에겐 새로운 공부가 필요하다. 독서모임이라는 공간은 그 전환점을 제공해주는 공부방이다. 독서모임 안에서 함께 읽고, 쓰고, 책쓰기를 하다 보면 자신만의 시선에서 벗어나 다양한 다른 세계를 만날 수 있다. 독서모임에서는 책만 읽는 게 아니라 그 책을 읽은 한 사람을 읽을 수 있게 된다. 내가 뛰어갈 방향을 찾기 위해 멈출 때, 혼자가 아닌 많은 사람들과 함께 이야기하고 공유하면 한층 성장해 있는 나를 만날 수 있다.

독서모임,
패러다임을
바꿔라

《이동진 독서법》의 서문을 보면 "책을 펼쳐 들면 순식간에 나만 남습니다"라고 적고 있다. 그러나 독서모임은 독서와 다르다. '독서모임이 시작되는 순간 사람만 남는다.' 책을 펼치는 것이 아니라, 함께하는 사람을 만나는 것이다. 한 사람 한 사람이 소화한 책과 사색, 경험을 마주하는 것이다.

독서와 독서모임은 다르다. 똑같은 독서모임은 존재하지 않는다는 중요한 사실을 놓친 나는 1년 동안 혼란을 겪었다. 나와 맞지 않은 모임에 참여하며 매번 나가야 하는지 그만둘 것인지 고민하고 또 고민했다. 그러다 다행히도 억지로 독서모임에 나를 맞추려 한 행동이 잘못이었다는 걸 알게 되었다.

우리동네 산 중턱에는 200개 정도 되는 계단이 있는데, 나는 운동을 할 때마다 힘든 걸 억지로 참으며 뛰어 올라가는 버릇이 있었다. 하루는 심장이 터질 것 같아 뛰기를 포기하고 걸어 올라갔다. 몸이 아주 편했다. '아! 방법이 틀렸었구나.' 나는 건강을 위한 운동이 아닌 운동을 위한 운동을 하고 있었던 것이다.

깨달음을 얻은 후, 나는 힘겹게 나가던 독서모임을 그만두었다. 참여만이 해답이 아니었다. 독서모임이 아무리 좋다고 해도 나의 수준과 취향에 맞아야 하는 것이다.

●○ 독서모임, 누구나 만들 수 있다

그 뒤로 혼자 책을 읽었다. 맞지 않은 옷을 벗어 놓으니 한동안 편했다. 그러다 아쉬운 생각이 차오르기 시작했다. 독서모임을 통해 사람들과 소통을 하며 받은 울림이 그리워지기 시작한 것이다. 《책은 도끼다》의 저자 박웅현 씨는 '책은 자신에게 예민한 촉수를 만들어준다'고 했다. 나에겐 독서모임에서 만난 사람들이 그랬다. 그들의 다양한 삶과 책을 통한 사색이 내 일상을 풍요롭게 해주는 동력이었다.

독서모임의 매력을 알아버렸는데 혼자 책을 읽으려니 단물 빠진 껌을 씹는 느낌이었다. 그러던 차에 모임에서 알고 지낸 몇 분이 함께 독서모임을 하고 싶다고 연락을 해왔다. 고민이 되었다. 참여만 해봤지 직접 기획하고 진행을 해본 경험이 없어 망설였다. 그러나 이내 마음을 고쳐 잡았다.

"뭐 별거 있나! 책 읽고 사람들이 모여 이야기하면 그게 독서모임이지."

시작은 단순했다. 독서모임을 시작하면서 누구나 마음만 먹으면 모임을 이끌 수 있다는 걸 알게 되었다. 참여자 중 한 분이 모임 이름을 '셀프리더' 라고 지었다. 모두가 리더라는 뜻이 담겨 있다. 독서모임은 결국 개인이 모여서 이루어진다. 그러니 한 사람 한 사람이 참여자가 되고 리더도 된다.

●○ 패턴 변화가 독서모임을 바꾼다

첫 독서모임을 시작하며 책에 관한 수다도 떨고 서로의 일상을 이야기하는 것이 좋았다. 매주 만나도 항상 새로운 책을 가지고 발표하고 토론하기 때문에 신선했다. 그러나 3년 정도 되었을 때 한계에 부딪쳤다. 변화를 주기 위해 여러 가지 방법을 동원해 진행해보기도 했다. 분위기는 약간 반전되었지만, 여전히 책을 읽은 후 만나서 깨달은 것들을 공유하는 즐거움의 반복일 뿐이었다. 분명 독서모임에는 응축된 힘이 있는데 그걸 더 확산시키는 방법이 떠오르지 않았다. 계속 고민을 하다 그 힘을 만들어내는 실마리를 찾았다. 바로 독서모임을 쪼개는 것이었다.
13가지 창조적 생각도구를 설명하고 있는《생각의 탄생》을 보면 네 번째 도구인 패턴인식에 관해 이런 문장이 나온다. "패턴을 알아낸다는 것은 다음에 무슨 일이 일어날지 예상하는 것이다." 생각해보니 이제까지 해온 독서모임은 책을 읽고, 발표하고, 토론하는 패턴이었다. 시간이 흐를수록 참여하면서 즐기고 배우기는 해도 무언가 부족하다고 생각했는데 바로 패턴의 문제였다. 그렇다면 답은 간단했다. 패턴에 변화를 주면 된다.

'패턴을 바꾸려면 어떻게 해야 하는가?'

한동안 나에게 계속 질문을 던졌다. 그리고 찾은 해답이 바로 독서모임을 '쪼개는' 것이었다. 처음 시작한 독서모임 패턴은 '읽기 모임'이었다. 각자 독서를 하고 모임에서 발표하고 토론하는 전형적인 독서모임이었다. 그 후 읽기 패턴을 글쓰기로 바꿔 '쓰기 모임'을 만들었다. 그리고 또 쓰기 모임을 2년 정도 하면서 패턴을 바꾸어 '책쓰기 모임'을 만들었다.

읽기 모임→ 쓰기 모임→ 책쓰기 모임.

3개의 독서모임을 만들며 7년이란 시간이 흘렀다. 지금은 세 모임을 따로 또 같이 각자의 특색대로 별도로 진행하고 있다. 참여하는 사람은 대부분 순차적으로 한 모임씩 접근한다. 각기 모임의 특색에 매력을 느낀 사람은 두 모임에 모두 참여하기도 한다.

●○ 삼독모임으로 나누면 책쓰기도 가능하다

이 책은 독서모임을 3개의 카테고리로 나눈 읽기, 쓰기, 책쓰기 모임의 활용법에 대한 이야기를 담고 있다. 쉽게 말해서 독서모임 패턴을 독서, 글쓰기, 책쓰기로 나눠놓은 것이다. 책을 많이 읽다 보면 쓰고 싶어지고, 쓰다 보면 책쓰기도 할 수 있게 된다. 삼독모임을 만든 건 어찌 보면 당연한 수순이었다. 독서모임을 3개의 모임으로 나누었을 뿐인데 그 폭발력은 대단했다. 책쓰기 모임을 하면서 벌써 자신의 책을 출간한 회원도 나왔다.

물론, 내가 진행해온 삼독모임을 똑같이 따라할 필요는 없다. 그보다는 이러한 삼독모임 활용법과 참여방법을 독자 여러분의 독서모임에 적용해보고 발전하는 계기가 되었으면 한다. 중요한 것은 이 책을 통해 기존 독서모임에 대한 패러다임을 바꾸는 계기가 되었으면 하는 것이다.

 독서모임 포인트 3 ....

독서모임은 누구나 만들 수 있으며 누구나 참여할 수 있다. 중요한 건 자신에게 도움이 되는, 자신의 성향에 맞는 독서모임에 참여할 줄 알아야 한다는 것이다. 그 선택에 도움을 줄 방법이 있다. 독서모임을 삼독모임으로 나누는 것이다. 읽기가 넘치면 쓰기로, 쓰기가 무르익으면 책쓰기로 패러다임을 바꿔주는 게 좋다. 패턴의 변화, 패러다임의 전환으로 누구나 독서모임을 즐기면서 성장할 수 있게 될 것이다.

삼독모임으로
나눠라

우리의 뇌는 모호한 것을 판단하기 싫어한다. 예를 들어 고전을 읽는다고 해보자. 어떤 책을 먼저 읽을지 막연할 것이다. 이때 고전의 카테고리를 문·사·철(문학, 역사, 철학)로 나누면 선택하기 쉬워진다. 이 중에서 역사에 관심이 있다면 어떤 책을 고를지 범위가 더 좁아진다.

뇌 과학자들의 말에 따르면, 지식을 습득하는데 있어 큰 카테고리를 알면 그 속도가 더 빨라진다. 독서모임도 마찬가지다. 큰 카테고리를 나누는 작업을 해보면 내가 원하는 곳을 알 수 있다.

●○ 3개의 카테고리 흐름

처음 독서모임을 3개의 카테고리로 나누게 된 것은 자연스러운 흐름이었다. 7년의 세월이 쌓이고 독서모임에 참여하는 많은 사람들의 행동을 따른 것일 뿐이다. 책을 읽고 토론하는 모임에 나오는 사람들은 독서하는 시간을 늘려간다. 참여 전보다 독서를 하겠다는 마음가짐이 강해진다. 그것이 지속되면서 일상에서 자연스럽게 독서습관이 만들어진다.

여기에 만족할 수도 있지만 꾸준히 참여하다 보면 읽기 모임에서 쓰기가 시작된다. 책을 읽고 감상과 서평을 쓰기도 하고, 발표할 것을 써오기도 한다. 읽고 쓰는 작업이 독서모임 안에서 쌓여가다 보면 이제 독자 입장에만 머물러 있지 않고, 저자 입장에서 책쓰기를 해보게 된다.

●○ 삼독모임을 나누는 기준은 '시선'

나에게 맞는 독서모임을 선택하기 위해서는 큰 덩어리인 독서모임을 쪼개야 한다. 문제는 '어떤 기준으로 할 것인가'이다. 사람마다 다르겠지만 삼독모임의 기준은 '시선'이었다.

간략하게 말하면 이렇다.

첫째, 읽기 모임 : 내가 독자 입장이고 시선이 책을 향해 있다면 이 범주에 들어간다.

둘째, 쓰기 모임 : 내가 글쓰기의 주체이고 시선이 나를 향해 있다면 모두 이 범주에 들어간다.

셋째, 책쓰기 모임 : 내가 저자이고 시선이 독자를 향해 있다면 모두 이 범주에 들어간다.

시선이 향한 곳을 압축하면 **독자 → 나 → 저자**가 되는 것이다.
읽으면 쓰고 싶고, 자주 쓰다 보면 책쓰기로 이어진다. 그런데
대부분 독서모임은 이 흐름을 연결해주지 못한다. 그럴 수밖에
없다. 하나의 독서모임에서 삼독모임을 모두 진행하기에는 범위
가 넓기 때문이다. 하지만 삼독모임을 유기적으로 연결하면 기
존의 독서모임이 확장될 수 있다. 문제는 삼독모임을 누구나 쉽
게 만들 수 있어야 한다는 것이다. 이것만 해결되면 참여자들이
다양한 패턴의 독서모임을 경험할 수 있다. 독서모임 운영자들
이 삼독모임을 많이 기획하고 진행했으면 좋겠다.

●○ 첫 번째 '읽기 모임'

독서발표나 토론 등이 여기에 해당한다. 책을 읽고 모임에 참여
하고, 책을 기준으로 풀어나가는 모임이 여기에 속한다. 이때 우
리 시선은 독자로서 책(의 저자)과 마주한다. 책을 읽으며 저자
의 경험과 생각을 각자 소화하고 사색한 것을 모임에서 나누고
소통한다. 이때 대상도 책이다. 이렇게 시선이 향한 주된 곳이
책일 때, 하나의 카테고리로 묶은 것이 '읽기 모임'이다.
독서모임이라고 하면 대부분 읽기 모임이다. 모임에 참여하고
싶어 하는 사람들은 대부분 "어떤 책을 읽고 나가야 하나요?" 묻
는다. 독서모임은 글자 그대로 '독서+모임' '책을 읽은 사람들

의 모임'이다. 책 한 권을 선정하여 읽은 후 발표하는 모임도 있고, 자신이 읽고 싶은 책을 자유롭게 선택해서 읽은 후 모이는 곳도 있다. 이 두 가지 방식을 병행하는 모임도 있다. 읽기 모임 안에서도 세부적인 진행은 다양하게 이루어진다. 그러나 책을 바라보는 시선이 독자 입장이라는 점은 변하지 않는다.

●○ 두 번째 '쓰기 모임'

쓰기 모임에서는 말 그대로 '쓰는' 것에 무게를 더 둔다. 누구나 일기를 써봤을 것이다. 나만 보는 일기는 거침없이 쓸 수 있다. 간단한 수필도 쓸 수 있다. 무엇이든 글로 쓰면 된다. 이때 쓰기 모임과 책쓰기 모임을 구분하는 것도 '시선'이다.

글을 쓰는 시선이 나를 향해 있으면 '쓰기,' 시선이 독자를 향해 있다면 '책쓰기'다. 쓰기 모임에서 글을 쓰면 내가 중심이 된다. 느끼는 것, 아는 것, 글로 풀어내는 것의 시선은 나를 향해 있고, 내 안에서 나온다. 쓰기 모임은 읽기 모임과도 다르다. 독자로서 책을 바라보는 것이 아니라 철저히 내가 중심이 되고 온전히 나를 향해 있다. 그래서 쓰기를 통해 얻는 것 중 하나가 위로다. 항상 밖으로만 향하려는 시선을 붙잡아 나를 돌아보게 하기 때문이다. 쓰기 모임에서 글을 쓰다 보면 아이러니하게도 자신의 글에서 스스로 위로를 받을 때가 많다.

우리는 독서모임에서 읽기, 쓰기, 책쓰기를 합니다

"글을 쓰다 보면 나에 대해 잘 모르던 부분을 알게 됩니다."
모임에서 글쓰기를 하는 사람들의 공통적인 말이다. 한 회원은
"나의 내면으로 여행을 떠나는 기분이 드네요"라고 했다.

●○ 세 번째 '책쓰기 모임'

이 카테고리는 어쩌면 독서모임의 최고 정점에 해당할 수 있다.
독서든, 글쓰기든 우리는 독자의 입장에 있다. 그러나 책쓰기는
다르다. 내가 저자의 입장이 된다. 독자를 염두에 두고 저자 관점
에서 글을 쓰는 것이다. 읽고 쓰는 것이 바탕이 되면 책쓰기 모임
에 적응하기 더 쉽다.

책쓰기 모임에 처음 참여하는 회원들은 독자로서만 바라보던 시
선에서 벗어나 오히려 독자를 바라보는 반대 시선을 갖는 것에
당황하기도 한다. 그러나 책쓰기를 계속 하다 보면 저자의 시선
에 대해 설명하지 않아도 자연스레 이해를 한다. 직접 해봐야 알
수 있는 것이다. 한 참가자는 이렇게 말했다.

"책쓰기를 해보지 않았다면 절대 저자로서 독자를 보려는 생각
을 못했을 거예요."

책쓰기 작업은 각자 쓸 주제를 정해서 모일 때마다 쓰기 때문에
글쓰는 작업 속도가 개인마다 다 다르다. 한 권의 책을 만들기
위해서는 많은 분량의 글과 시간이 필요하다. 그래서 책쓰기 모

임은 누구 한 명의 작업속도에 맞출 수 없다. 모임의 기간이 정해져 있지만 원고는 각자의 속도대로 쓰면 된다.

책쓰기 모임의 진행 속도보다 자신의 원고 쓰는 속도가 조금 늦더라도 걱정할 것 없다. 다음 번 책쓰기 모임에 다시 참여하여 완성하면 된다. 참여에 관한 세부적인 내용은 4장 책쓰기 모임을 참고하기 바란다.

 독서모임 포인트 4 ···

책을 읽고 토론하는 모임이 지속되면 자연히 읽기에서 쓰기로 넘어간다. 감상이나 서평을 쓰는 작업은 물론, 발표할 것을 미리 써 오는 작업도 포함된다. 읽고 쓰는 작업이 독서모임 안에서 쌓이면 이제 독자 입장에만 머물러 있지 않게 된다. 바로 저자 입장에서 글을 써보게 되는 책쓰기로 이어지는 것이다. 이것이 7년 동안 독서모임을 해오며 자연스레 삼독모임이 만들어진 배경이다.

독서
놀이터

무슨 일이든지 꾸준히 하는 사람이 더 잘한다. 독서모임에 1년 이상 꾸준히 참여한 사람과 처음 모임에 나오는 사람은 여유에서 차이가 난다.

●○ 고수와 하수

독서모임의 고수와 하수는 모임을 즐기는지 경직되어 있는지를 보면 알 수 있다. 고수는 자신이 읽은 책을 소개하고 토론하는 일을 즐긴다. 하수는 일단 낯선 분위기에 힘들어한다. 어색한 감정은 참여 횟수가 많아지면 없어진다. 하지만 즐기지 못하는 이유는 다른 데 있다. 다른 사람들에게 내가 어떻게 보여질지 걱정되어 발표나 토론에서 겉도는 경우가 많다. 집단에서 사람들과 얼굴 맞대고 이야기하는 것을 천성적으로 어려워하는 사람도 있다. 소극적인 사람이 활달한 사람보다 위축될 수는 있다. 그렇다고 굳이 천성을 바꿔가며 모임에 참석하라는 말은 아니다. 천성은 바꾸려고 노력한다고 해서 바뀌는 것도 아니다. 그보다는 자신을 솔직히 드러내는 용기가 필요하다.

돌이켜보면, 나도 독서모임에 나가고 어느 정도 익숙해져갈 때 오히려 힘들었다. 맨 처음 나가면서는 떨리는 마음보다 설레는 마음이 더했다. 오늘은 어떤 책들을 소개할까? 사람마다 들려주는 이야기는 또 어떤 것들일까? 한 주제를 가지고 토론하면서 생각지도 못한 이야기를 듣는 것도 좋았다. 그리고 발표하기 전에 내 안에 있는 생각을 다시 곱씹어 정리해볼 수 있는 것도 신선한 즐거움이었다. 그러나 몇 달이 지나자 그 설렘과 즐거움은 오히려 무언가 묵직하게 억압하는 느낌으로 다가왔다. 책을 선정할 때, 남들에게 수준이 너무 낮게 보이지는 않을지, 한 번 더 고민해보게 되었다. 관심 있는 책에 먼저 손이 가던 버릇도 사라졌다. 처음 독서모임에서 나갈 때는 잘하든 못하든 발표하는 시간이 즐거웠는데, 시간이 흐르며 오히려 모임에 나가서 어떻게 할지 걱정이 앞서고 있었다.

●○ 남들에게 내가 어떻게 보여질까?

이 문제가 독서모임 참여를 경직시키고 사람들과의 만남을 즐기지 못하게 하고 있었다. 있는 그대로의 내 모습을 보이는 것에 익숙지 않았다. 은연중에 나를 사람들과 비교하고 있었다.

독서모임은 사회나 직장에서처럼 직위를 얻으려 경쟁하는 곳이 아니다. 학교에서처럼 성적에 아등바등할 이유도 없다. 서로를 보완해주면서 더불어 배움을 얻는 집단 공동체일 뿐이다. '경쟁'할 필요가 없다. 여기서 우리는 고수의 태도를 배워야 한다. 고수는 남에게 내가 어떻게 보여질지 담담하다. 반대로 하수는 예민하다. 하수는 책을 읽지 못했으면 참석을 포기하려 한다. 간혹 용기를 내서 나오는 사람도 책을 읽지 않고 왔다는 이유로 독서토론 내내 위축되어 있곤 한다. 여유있는 사람이 독서모임에 꼬박꼬박 나오는 게 아니다. 다들 바쁘다. 일이 많고 바빠서 책 읽을 틈을 내지 못할 수도 있고, 게으름을 피우다 못 읽고 나오는 경우도 있다. 여기서 고수와 하수의 태도가 다르다. **고수는 전심할 줄 안다.** 고수일수록 자세히 살펴보면 '전심(全心)'이란 단어가 떠오른다. 표정부터 말하는 상대에게 집중해 있고, 온몸으로 듣는다. 이러한 행동은 독서모임에서 매우 중요하다. 책을 읽는 것만이 독서가 아니다. 사람들의 사색과 생각을 온전히 읽으려 하는 것도 독서모임에서 얻는 배움이고 즐거움이다.

●○ **독서놀이터**

처음 참여하는 사람들이 고수처럼 할 수는 없겠지만, 참여가 늘어날수록 다른 사람들에게 집중하는 것을 중요하게 생각해야 한다. 독서모임을 즐기려면 억눌림이 있어서는 안 된다.

"빨리 가려면 혼자 가고, 멀리 가려면 함께 가라"고 하는 아프리카 속담처럼 참여하는 사람들과 함께하려는 마음이 독서모임에도 필요하다. 거기에 더해 생각의 전환이 요구된다. 바로 독서모임을 놀이터로 생각해보는 것이다.

놀이터는 아이들의 천국이다. 미끄럼틀을 타도 재미있고, 그네를 타도 즐겁다. 시소를 타며 오르락내리락 위아래로 움직이는 것만으로도 숨이 넘어갈 정도로 좋아한다. 마음에 맞는 친구들과 놀 때는 시간이 어떻게 지나가는지 모른다. 아이들은 즐거움에 이유가 없다. 놀이 자체가 신나는 일이다.

●○ 놀이가 배움이고 배움이 곧 놀이다

아이들이 뛰어노는 놀이터처럼 독서모임은 어른들의 놀이터가 되면 좋겠다. 놀이터에서는 눈치 볼 필요가 없다. '~ 때문에' 라는 걸 버려야 한다.

"책을 많이 읽지 못했기 때문에."

"나이가 많기 때문에."

"체면 때문에."

이런 것들을 버려야 한다. 맘껏 함께 공유하는 공간이 독서모임이다. 책을 토대로 서로 궁금한 것을 알아가고, 삶의 다양성을 느껴보는 곳이다. 서로 이끌어주고 위로받는 곳이다. 경쟁의식과 체면을 가지고 독서모임에 나오는 사람은 놀이터에서 양복을 입고 거드름을 피우는 것과 똑같다.

독서모임을 독서놀이터로 생각하는 패러다임으로 바꿔야 한다. 꾸며서 이야기할 필요가 없다. 독서를 하다 보면 책을 잘못 선택해서 망칠 때도 있다. 책 선정 기준은 각자의 마음이지만 그것을 말해도 좋다. 모임에서 이런 이야기를 한 회원도 있었다.

"솔직히 이 책을 읽었는데 이해가 되지 않아요. 삼분의 일쯤 읽다 보니 읽은 게 아까워서 꾸역꾸역 읽었어요. 미련한 곰처럼."

듣던 사람들이 모두 빵 터져 웃음으로 마무리했다. 어쩌면 이것 자체도 책을 읽는 것이다. 꼭 끝까지 정독하고 이해해야만 하는 것은 아니다. 책을 읽다 길을 잃을 수도 있고, 읽다 싫어 포기할 수도 있다. 이런 과정 자체도 책을 읽는 행위다. 완벽해지려는 시선만 바꾸면 실수하고 실패한다 해도 상관없다. 그것을 사람들과 공유하는 것만으로도 재미난 일이다. 남들에게 웃음을 주기도 하고 시행착오 겪는 것을 막아준다면 그 또한 즐길 이유가 충분하다. 독서모임을 틀에 갇힌 공간이 아닌 놀이터로 바꾸는 패러다임을 가지려고만 해도 많은 것을 배울 수 있다.

독서모임을 즐기기 위한 방법을 발견하는 곳으로 만들어야 한다. 그러기 위해서 자신을 꾸미지 않고 보여주는 용기도 필요하다. 꾸미지 않을 때 그 사람의 진정성이 보인다. 나도 그런 것처럼 다른 사람들도 이런 모습을 좋아한다. 투박하지만 진정성 있는 모습, 이것이 독서모임이 변하는 방법이다. 그래서 누구나 생각을 전환해보면 좋겠다. 독서모임이 아닌 '독서놀이터'로.

 독서모임 포인트 5 ....

독서모임은 사회나 직장에서처럼 직위를 얻으려 경쟁하는 곳이 아니다. 학교에서처럼 성적에 아등바등할 이유도 없고, 경쟁할 필요가 없다. 독서모임을 놀이로 생각해보자. 아이들이 뛰어노는 놀이터처럼 독서모임은 어른들의 놀이터가 될 수 있다. 놀이터에서는 눈치 볼 필요가 없다. 독서모임을 놀이터로 바꾸는 패러다임을 가지려고만 해도 많은 것을 얻을 수 있다.

우리는 독서모임에서 읽기, 쓰기, 책쓰기를 합니다

참여는
마라톤처럼

큰 카테고리에서 삼독모임을 읽기, 쓰기, 책쓰기로 구분했다. 그리고 독서모임 속 기획과 진행을 알아야 한다는 것도 이야기했다. 이젠, 삼독모임에 단계별로 접근하는 것에 대해 생각해봐야한다.

책을 혼자 읽다 보면 사람들과 함께 얘기하고 싶어지고, 발표하고 토론하는 시간이 쌓이면 감상평이나 서평을 쓰게 된다. 독서노트 또는 글로 풀어내는 경험이 모여 책쓰기로 진행되기도 한다. 읽으면 쓰게 되고, 글을 쓰다 보면(항아리를 채우면 물이 넘치는 것처럼) 책쓰기로 이어진다. 자연스러운 흐름이다. 다만, 한두 달 안에 성과를 내겠다는 조급한 마음은 금물이다.

●○ 100m 달리기보다 마라톤처럼

이제 독서를 시작하고 책 읽는 것에 재미를 느낀 사람이라면 삼독모임에 단계별로 접근하는 게 좋다. 처음에는 읽기 모임에 참여하고, 어느 정도 익숙해질 때 쓰기 모임에 나가면 좋다. 그리고 쓰기 모임을 통해 글을 쓰는 게 자연스러워지면 더 나아가 책쓰기 모임에서 책쓰기를 해보는 것이 좋다.

읽기 모임은 적응하는 기간도 필요하고, 한 권의 책을 읽는 것보다 호흡이 길다. 적어도 1년 이상 넉넉한 기간을 잡고 참석한다는 마음을 갖는 게 좋다. 한 해 동안 읽기 모임에 참여했다는 말은 1년 동안 독서를 꾸준히 했다는 말과도 같다. 이런 태도를 가지면 조급한 마음에 휘둘리지 않고 모임을 즐길 수 있다.

내가 독서모임을 진행해본 경험으로는, 읽기 모임을 일상의 한 부분으로 받아들이는 데 1년 정도 필요했다. 열정, 결단 등의 마음가짐으로 억지로 모임에 나오는 사람들도 길게는 6개월까지 나오기도 한다. 하지만 1년 정도 참여한 사람들은 대부분 의무감, 열정, 결단보다는 취미생활로 생각하고 있었다.

무슨 일이든 21일 동안 꾸준히 하면 습관으로 만들 수 있다는 말이 있다. 그러나 이를 현실에서 실천하기는 어렵다. 억지로 해서는 습관이 되기 힘들다. 1년 이상 읽기 모임에 참여하는 건 억지로 노력한다고 해서 되는 일이 아니다. 귀찮을 때나 포기하고 싶을 때도 있었을 텐데 1년 동안 모임에 참석한다는 건 그것만으로도 대단한 일이다. 들쑥날쑥 가뭄에 콩 나듯 모임에 참여하는 사람 중 1년을 넘기며 나오는 경우는 거의 없었다.

우리는 독서모임에서 읽기, 쓰기, 책쓰기를 합니다

혼자 독서하는 사람은 알지 못하는 것을 집단의 공간에서는 체험할 수 있다. 오랜 시간 참여를 하다 보면 조급하게 또는 억지로 책을 읽을 필요가 없어진다. 그래서 참여는 긴 호흡으로 달려야 하는 마라톤 경기와 비슷하다. 만약 마라톤 경기를 처음부터 100m 달리기를 하듯 전력질주한다면 도중에 지쳐서 포기하게 된다. 의욕만 앞서면 금방 지칠 수밖에 없다. 운동 삼아 동네 조기 축구에 나갈 때도 꼭 지키는 게 있다. 첫 경기를 시작하면 숨을 틔우기 위해 몇 분간은 내 능력의 칠십 퍼센트 정도로 뛰는 것이다. 그리고 몸이 경기에 적응하면 그때부터 전력을 다한다.

"열정과 목표를 가지고 단기간에 무엇을 해내야 한다"라는 말은 독서모임과는 거리가 있다. 참석자들은 긴 호흡을 통해 조금씩 서로에게 영향을 준다. 오랜 시간 층층이 쌓여 단단해지는 퇴적암과 비슷하다. 발효를 통해 숙성의 시간을 거쳐야 김치가 익어가듯 모임 참여에도 긴 호흡이 필요하다.

●○ 계단을 오르듯 삼독모임에 접근하자

삼독모임은 단계별로 접근하는 것이 좋다. 책을 읽다 보면 쓰고 싶고, 쓰다 보면 책도 쓸 수 있다. 계단을 오를 때 한 계단씩 차근차근 오르면 결국 높은 곳까지 도달할 수 있는 것처럼 삼독모임도 단계별로 경험하는 것이 자연스럽다.

삼독모임 단계별 접근 순서는 간단하다. 될 수 있으면 1단계로 '읽기 모임'에 나가는 것이 좋다. 독서를 통해 다가가는 것이 가장 편하고, 대부분 이 과정을 거친다. **읽기 모임의 중심은 '사람과 책'이다.** 그러기에 읽기 모임이 첫 번째 계단이 되어야 한다. 그리고 2단계가 '쓰기 모임'이 되고, 마지막 3단계로 '책쓰기 모임'으로 다가가는 것이 좋다.

이 단계별 접근을 꼭 지켜야 한다는 말은 아니다. 만약 내가 글을 쓰는 데 관심이 있다면 쓰기를 주로 하는 모임에 먼저 나가는 것도 좋다. 거기에 독서도 함께하고 싶다면 쓰기를 기본 골격으로 하면서 가볍게 독서발표나 토론을 함께 하는 독서모임을 선택해도 된다. 관심이 있고, 하고 싶은 것을 먼저 해도 좋다. 다만, 독서를 시작하고, 글을 쓰고, 마지막으로 책쓰기를 하는 순차적 접근이 제일 무난하다. 특히, 처음 독서를 시작하는 사람들에게는 단계별 접근이 잘 어울린다.

●○ **읽기 모임 경험**

나의 삼독모임 경험은 읽기 모임 3년, 쓰기 모임 2년, 책쓰기 모임 1년이었다. 3년간 읽기 모임에 매주 참석하며 독서발표와 토론을 했다. 부득이한 일이 있을 때는 못 나갔지만 대부분 참석했다. 읽기 모임을 직접 기획하고 운영하면서 참여자로도 꾸준히 소통했다. 모임 참석은 일상이었고 하나의 취미생활이 되었다.

습관도 변했다. 다니지도 않던 도서관에 자주 가게 되면서 대출한 책이 쌓여갔다. 직접 구매한 책도 많아졌고 거실에 있던 TV가 갈 곳을 잃어 비용을 지급하면서 치워버렸다. 그 빈자리에 커다란 책장이 놓였다. 3년간 몇 권을 읽었는지 세어보지는 않았지만 적어도 천 권은 넘을 것이다.

책을 읽고, 모임에서 발표하고, 토론하는 시간이 쌓여갈수록 무엇이든 자꾸 종이에 쓰게 되었다. 노트에도 쓰고 워드로도 썼다. 메모인지 글쓰기인지 구분이 모호해질 정도로 그냥 쓰는 게 재미있었다. 이렇게 책을 읽는 것이 쌓이고 넘치면서 맞벌이 아빠로서 3년간 독서 경험을 쓴 책《하루 25쪽 독서습관》을 출간했다. 독서를 처음 시작할 때에는 한 권의 책을 완독하는 것도 힘들었었다. 그때를 떠올리면 읽기 모임을 통해 변한 내 모습이 놀라울 뿐이다.

•◦ 쓰기 모임 경험

책 출간을 하면서 글쓰기의 필요성을 느꼈다. 별도로 쓰기 모임을 기획하고 만들었다. 두 모임을 동시에 진행하면서 글쓰기를 해보니, 읽기와 또 다른 세계였다.

읽기 모임에서는 발표나 토론을 하면서 생각을 다시 곱씹어보는 시간이 좋았다. 각인되는 강도가 혼자 책을 읽을 때와 달랐다. 함께하는 사람들 앞에서 발표하고 토론하다 보면 내 생각이 더 선명하게 정리되었다. 그런데 쓰기를 해보니 그 강도가 또 달랐다. 종이 위에 적으며 생각을 정리하는 시간은 아무도 걷지 않은 흰 눈 위에 남긴 내 발자국을 보는 느낌이었다. 강렬했다.

쓰기 모임의 진행은 간단했다. 모임에 참여한 사람들이 각자 주제를 말한다. 그리고 그중에 손을 제일 많이 든 주제를 가지고 시간을 정해 각자 자유롭게 써보는 것이다. 읽기 모임이 책이라는 대상에서 출발한다면, 쓰기 모임은 자기 생각과 경험에서 시작한다. 책을 향해 있던 시선이 나 자신에게 향한다. 쓰기 모임을 2년간 하면서 성과도 있었다. 모임에서 나온 주제 하나가 나의 관심을 사로잡았다. 그것은 '나무'였고, 그 계기로 1년 뒤 나는 두 번째 책《나무와 말하다》를 출간했다.

●○ 책쓰기 모임 경험

쓰기 모임을 2년 정도 진행해보니 글쓰기가 편해졌다. 글을 잘 쓰고 못쓰는 문제를 떠나 함께 쓰는 것이 자연스러워졌다. 글쓰는 시간과 횟수가 많아지며 누구나 책쓰기가 가능하다는 걸 새삼 알게 되었다.

'우리는 독서모임에서 책도 쓴다.' 진행하고 있는 책쓰기 모임

우리는 독서모임에서 읽기, 쓰기, 책쓰기를 합니다

의 이름이다. 앞글자를 따서 '우독책'이라 부른다. 1년간 책쓰기 모임을 진행하며 시행착오도 많이 겪었지만 한 가지는 확실했다. 누구나 모임을 통해 자신의 책을 쓸 수 있다는 것이었다. 신기한 건 한 번도 책을 써보지 않은 회원들이 원고를 완성한 것이다. 그리고 더 놀라운 것은 6개월 뒤 한 명은 출판사와 계약하고 《신규 간호사 안내서》라는 책을 출간했고, 또 다른 한 명은 조만간 책이 나올 예정이라는 점이다. 나를 포함해 첫 책쓰기 모임의 참여인원 세 명이 모두 책을 출간하게 되었다.

●○ 꾸준한 참여 자체가 도전이다

지금은 삼독모임(읽기, 쓰기, 책쓰기 모임)을 각각 따로 운영하고 있다. 모임이 힘들 때도 있지만 참여하는 사람들을 위해서라도 계속하고 있다. 3가지 색깔을 가진 모임이 아무리 좋아도 꾸준히 참여해야 효과가 있다. 모임 회원 중에는 각 모임에 색다른 매력을 느껴 두 군데 모임에 나오는 사람도 있다. 각각의 모임에서 자신이 바라보는 시선이 달라진다는 점이 좋아서이다. 읽기 모임에서는 독자로서 푹 빠져볼 수 있어 좋고, 쓰기 모임에서는 나를 알아가는 시간이 많아 좋다. 책쓰기 모임에선 저자의 시선을 가질 수 있어서 좋다. 이렇게 교차하는 시선을 통해 다양한 관점에서 사고할 수 있다. 하지만 대부분의 사람들은 동시에

2~3모임에 참여할 만한 시간을 내기 어렵다. 그래서 시간이 없는 사람이나, 이제 독서를 시작하는 과정에 있는 사람이라면 삼독모임을 단계별로 차근차근 접근하는 것이 좋다.

긴 호흡으로 기왕이면 2년 · 1년 · 1년 정도 계획을 세워 읽기와 쓰기, 책쓰기 모임에 참여해보길 권한다. 세 모임에 모두 참여하면 4년이란 시간이 필요하다. 그래서 나는 삼독모임을 '독서대학'이라고 말한다.

삼독모임은 마라톤 경기처럼 접근해야 한다. 우보천리(牛步千里)라는 말처럼 소걸음은 느리지만 천 리를 갈 수 있다. 삼독모임을 효과적으로 활용하기 위해서는 꾸준한 참여가 필요하다.

 독서모임 포인트 6 ·····························

처음 독서를 시작하는 사람들에게는 단계별 접근이 잘 어울린다. 1단계로 '읽기 모임'에 나가고 계단을 오르듯 순차적으로 쓰기 모임, 책쓰기 모임으로 나가는 것이다.

나의 삼독모임 경험은 읽기 모임 3년, 쓰기 모임 2년, 책쓰기 모임 1년이었다. 독서모임 참석은 일상이었고 취미생활이었다. 100m 달리기처럼 속전속결을 생각했다면 힘들었을 것이다. 독서모임 참여는 마라톤처럼 해야 지치지 않고 일상으로 자리잡을 수 있다.

우리는 독서모임에서 읽기, 쓰기, 책쓰기를 합니다

사람공부,
인생학교

저녁 9시가 넘은 시간, 가끔 동네 주변을 산책하다 보면 고등학생들이 거리에 모여 있다. 학원 차를 기다리는 것이다. 일명 야자(야간자율학습)를 마치고 집이 아닌 학원으로 가는 차에 오른 아이들의 어깨는 처져 있고, 시선은 스마트폰을 향해 있다. 치열한 경쟁에서 뒤처지지 않으려 학원으로 가는 뒷모습이 차와 함께 어둠 속으로 사라진다. 미래에 좋은 대학, 좋은 직장에 들어가기 위한 몸부림일 것이다. 나 또한 고등학교에 다니고 있는 아이가 있어 부모 입장에서 안쓰럽다.

아이들이 좋은 대학과 직장에 다니는 것을 목표로 하는 생각에서 벗어날 필요가 있다. 아이들에게 대학에 합격하는 공부만 필요할까? 어른이 되어 생각해보니 그때 배웠던 내용들이 현재를 살아가는 데 필요한 것은 그리 많지 않다. 학생때 다양한 독서와 글쓰기를 해보지 못했고, 사람들과 어울려 인생에 대해 토론해본 기억도 없다. 오히려 학교와 학원을 오가며 하나라도 더 암기하려고 애썼던 기억뿐이다. 그런데 막상 어른이 되어보니 영어, 수학이 내 삶에 많은 부분을 차지하는 것도 아니었다. 아이들이 삶을 풍요롭게 누릴 수 있도록, 행복하게 살기 위해 필요한 것이 무엇인지 다양한 경험을 하게 해주고 싶은데 그러지 못하는 현실이 안타까울 뿐이다.

●○ 독서모임은 학원이 아닌 학교다

독서모임은 주입식 교육을 하는 학원이 아니다. 다양한 삶을 배우고 경험하는 학교다. 책을 읽어야 한다는 말을 많이 하지만, 일상에서 책을 들고 다니는 사람을 보기 힘들다. 어쩌면 책을 읽어야 한다는 말을 우리가 관념적으로만 알고 있는 건 아닌가 하는 생각이 든다. 독서모임은 이런 관념적 인식을 일상으로 연결해주는 역할을 한다.

독서가 좋다고 하는데 왜, 좋을까? 모임에서 토론을 해보면 재미있어서, 설레는 마음이 들어서, 공감하고 울림이 있어서, 딱 한 번밖에 살 수 없는 인생이므로 다른 삶을 경험해보고 싶어서 등등 여러 가지 답들이 나온다. 책을 통해 우리는 간접경험을 해보면서 세상 보는 색다른 눈을 갖는다. 좋은 대학에 가야 하고 좋은 회사에 들어가야 하는 환경에서는 경쟁이 치열할 수밖에 없다. 누군가 들어가면 그로 인해 누군가는 떨어진다. 독서모임은 다르다. 이곳에는 경쟁이 없다. 시험등수를 올리기 위해 학원에서 배우는 것과 다른 배움이 있다. 경쟁에서 살아남기 위해 공부하는 것이 아니다.

"일주일 동안 《총, 균, 쇠》를 읽었습니다. 책을 읽어갈수록 마지막 장이 나올까 봐 아쉬운 생각이 들 정도였습니다."

독서모임에서 《총, 균, 쇠》를 발표한 한 회원의 이야기다. 그 두꺼운 책을 읽은 것도 대단한데 아까울 정도라니? 그의 독서력이 부럽기까지 했다. 그의 말을 듣고 관심이 생겨 도서관에서 빌려왔다. 나는 50페이지 정도 읽다 멈췄다.

사람마다 관심이 다 다르다. 누군가에겐 훌륭한 책이지만, 모두에게 그런 건 아니다. 이런 관점이 경쟁의 틀이 아닌 다양성으로의 접근이다. 독서모임에 경쟁하듯 나오는 사람이 가끔 있다. 다른 사람이 읽은 책은 나도 읽어야 한다거나, 책 내용보다 몇 권을 읽었는가에 집착하기도 한다. 그러나 독서모임에는 경쟁이 없다. 각자 책을 통해 경험하고 배운 것을 가지고 와서 서로 소통하는 이 공간에서는 경쟁보다는 위로를, 독선보다는 다양성을 만난다. **독서모임은 학원이 아닌 인생학교에 가깝다.**

●○ **사람공부**

독서모임은 단순히 책을 좋아하는 사람들이 모이는 곳, 책 이야기만 하는 곳이 아니다. 스무 살 청춘부터 30~40대를 넘어 50대 이상도 함께한다. 다양한 직업을 가진 이들이 내가 읽어보지 못한 분야의 책을 만나게 해준다. 독서모임은 사람을 만나는 곳이다. 독서모임은 혼자서 책을 읽을 때에는 알 수 없었던 것들을 알게 되는 곳이다.

《이젠, 함께 읽기다》라는 책을 보면 혼자 책읽는 것을 '골방 독서'에 비유하면서 "혼자 읽지 말고 광장으로 나와 함께 책을 읽자"라고 주장한다. 독서모임은 혼자 하는 독서와 다르게 집단적인 형태로 이루어진다. 사람과 사람의 만남을 통해 관계를 배우는 곳이기도 하다. 참여 회원 중에는 간혹 책에만 집중하는 사람이 있다. 자신이 읽은 책을 발표하고 다른 사람이 소개하는 책에만 관심이 있는 것이다. 이는 하나만 알고 둘은 모르는 것과도 같다. 책만 중요한 건 아니다. 그 책이 베스트셀러가 되고 스테디셀러가 되어 많은 독자들이 읽는 것도 중요하지만, 그 책을 통해 무엇을 느끼고 어떤 생각을 가지게 되었는가를 아는 것이 더 중요하다.

독서모임에서는 무엇보다도 사람들과의 관계가 중요하다. 모임이 끝나고 친목을 도모하는 그런 관계를 말하는 게 아니다. 모임 안에서 한 사람 한 사람을 오롯이 만나야 한다는 말이다. 사람 공부라고도 할 수 있다. 여러 색깔의 무늬를 가진 사람들을 만나는 것은 그야말로 혼자 읽는 독서에서는 배울 수 없는 것이다.

우리는 독서모임에서 읽기, 쓰기, 책쓰기를 합니다

독서모임과 독서의 차이점은 '모임'에 있다. 그러기에 사람을 소홀히 하면 안 된다. 책만이 아닌 책과 결합한 한 사람 한 사람의 다양한 생각과 경험을 배워야 한다. 그것이 결국 나의 삶에도 영향을 준다. 그러니 좋은 책을 소개받았다고만 좋아하지 말자. 사람들과의 관계도 소중히 해야 한다.

●○ 인생학교

이젠, 인생을 배우는 학교에 다녀야 한다. 행복한 삶이 무엇인지 알아가는 곳. '윤택하게 살아가는 삶은 어떤 것인지?' 사람과 책을 통해 배우며 성장하는 학교에 다녀야 한다.

"사람은 고개를 숙이면 깊은 지하를 보지만 고개를 들면 우주까지도 볼 수 있다"라는 말이 있다. 그만큼 인간은 불완전하면서도 위대함도 함께 가지고 있다. 사람과 책 그리고 서로의 사색이 만나는 장소. 이곳에서 행복한 삶이 무엇인지? 나에게 가치 있는 일은 무엇인지? 서로 질문을 주고받는 곳이 독서모임이다.

헬렌 켈러는 "무사함이란 미신이다. 그것은 세상에 존재하지 않는다. 인생이란 모험을 무릅쓰지 않으면 아무것도 없을 뿐이다"라고 말했다. 인생이란 울퉁불퉁한 비포장 도로를 달리는 것처럼 언제 어느 곳에서 방해물이 튀어나올지 모른다. 그러나 그것을 두려워만 해서는 방해물이 없어지지 않는다.

독서모임은 인생을 다양하게 살아가는 방법을 알려준다. 한 사람 한 사람이 서로 부딪치고 넘어지면서도 어떻게 인생이라는 모험을 즐기는지 방법을 알려주며 함께 나아간다.

한 번쯤 독서모임이란 학교에서 사람을 만나고 삶을 배우는 공부를 시작해보자.

 독서모임 포인트 7 ···

좋은 책을 소개받는 것보다 사람들과의 관계가 더 소중하다. 혼자 읽는 독서에는 없는 것, 그것이 함께 읽고 나누는 독서모임에는 있다. 그 보석을 찾아낼 줄 안다면 인생이 한층 더 풍요로워질 것이다. 진학과 입사를 위한 시험공부 말고, 평생 배워야 할 사람공부를 독서모임이라는 인생학교에서 할 수 있다.

우리는 독서모임에서 읽기, 쓰기, 책쓰기를 합니다

참여할까?
만들까?

1장에서는 독서모임과 그것을 나눈 삼독모임에 관한 접근방법, 선택에 관해 설명했다. 삼독모임 참여 과정에 대한 내용은 2~4장에 각각 읽기, 쓰기, 책쓰기 모임으로 나누어 놓았다.

많은 사람들이 가까운 곳에 있는 독서모임에 참여한다. 그러다 보니 기대한 것과 모임이 다르면 몇 번 참여하다 그만두는 경우가 많다. 그 독서모임이 안 좋아서가 아니라 나와 맞지 않아서이다. 내가 원하는 완벽에 가까운 모임을 찾는 건 쉽지 않다. 그 대안이 될 수 있는 게 바로 삼독모임이다. 삼독모임은 기존 독서모임에 적용할 수도 있고, 직접 만들어 진행할 수도 있다.

●○ 참여하는 모임과 만드는 모임의 장단점

기존 모임에 참여할 것인가? 스스로 만들 것인가?

직접 독서모임을 만든다? 독서를 막 시작한 사람들에게는 어려워 보이겠지만 어느 정도 독서모임 활동 경험이 있는 사람이라면 한 번쯤 해볼 만하다. 분명 장단점이 있으며, 두 가지 방법을 병행해도 좋다. 먼저 마음이 맞는 소수의 인원과 함께 직접 만들어 시행착오를 겪으며 발전시켜도 된다.

독서모임의 특성상 규모가 크다고 해도 결국 진행은 그룹으로 나누어 이루어진다. 그러니 독서모임은 나를 포함해 2명만 있어도 가능하다. 중요한 것은 회원수보다는 같은 방향으로 걸어갈 수 있느냐. 나와 모임의 방향성이 맞다면 다른 부분은 그 모임에 맞추는 유연성도 필요하다.

처음에 독서모임을 만들 때는 어려움도 발생한다. 시행착오를 겪으며 독서모임을 알아가는 것도 괜찮다. 하지만 모임을 만들고 이끌어가는 일이 어렵고 힘들면 기존 모임에 참여해 경험을 쌓은 후 해도 늦지 않다. 기존 모임에서 좋은 점을 취하고 아쉬운 점을 반영하여 자신만의 색깔을 입힌 모임을 운영해도 좋다.

●○ 독서모임, 과정의 배움

기존에 있는 독서모임에 참여할지, 직접 모임을 만들어서 운영할지 장단점을 비교 · 분석 해본 뒤 어느 쪽을 선택하든 그 결정은 옳다. 독서모임은 진행과정에서 얻는 배움이 매우 크다. 한 번 모임으로 무언가 얻을 수 있는 게 아니다.

독서모임은 다양성이 살아 숨 쉬는 곳이다. 함께하는 독서모임에는 좋은 점과 불편한 점이 공존한다. 다양한 사람들과 만나며 그들의 경험과 사색을 들을 수 있고, 새로운 생각을 자주 접할 수 있다는 점이 좋다. 반대로 내 시간을 모임에 맞춰야 하고 약간의 구속을 받는다는 점은 불편하지만 이러한 불편함을 상쇄하고도 남을 만큼 장점이 큰 게 독서모임의 매력이다.

나에게 맞는 **'맞춤형 독서모임'과 '확장형 독서모임'을 지향하는 삼독모임**을 잘 활용하여, 독서모임 운영자는 물론 참여회원들의 성장을 기대한다.

 독서모임 포인트 8 ·····

독서모임은 과정의 배움이다. 기존의 독서모임에 참여하든 새로운 독서모임을 직접 만들든 상관없다. 다만, '경험'이 바탕이 된다면 좋다. 전제 조건은 '나에게 모임이 맞아야 한다'는 것이다. 삼독모임은 독서모임을 나누고 단계별로 확장하면서 나에게 맞는 '맞춤형 독서모임'과 '확장형 독서모임'을 지향한다.

2부
,
참여

......

왕년 목수 시절의 이야기를 시작하면서 집을 그렸습니다. 땅바닥에 나무 꼬챙이로 아무렇게나 그린 집 그림을 보고 놀랐습니다. 집 그리는 순서 때문이었습니다. 주춧돌부터 그렸습니다. 노인 목수 문도득은 주춧돌부터 시작해서 지붕을 맨 나중에 그렸습니다. 엄청난 충격이었습니다.
'일하는 사람은 집 그리는 순서와 집 짓는 순서가 같구나. 그런데 책을 통해서 생각을 키워 온 나는 지붕부터 그리고 있구나.'

— 신영복의 《담론》 중에서

2장,

1단계 : 읽기 모임

⋮

⋮

⋯

책,
차라리
나중에
읽어라

독서모임을 3개의 카테고리로 나누었고, 나에게 맞는 곳이 어느 곳인지 선택했다면, 그다음은 참여로 이어진다. 독서모임의 힘은 지속적인 참여에서 나온다. 이 '지속성'을 운동에 비유하자면 수영 쪽에 가깝다. 수영선수는 근육이 울뚝불뚝하고 순간의 힘이 있어야 하는 역도선수와는 다르게 지구력과 섬세함을 동시에 갖추고 있다. 지속성은 긴 호흡으로 꾸준히 소통하는 환경에서 자라날 수 있다. 읽기 모임에 지속적으로 참여하며 회원들과 함께 느끼고 깨닫는 것들은 쉽게 사라지지 않는다. 독서모임을 통해 얻어지는 힘은 꾸준한 참여 속에서 생겨나고 자라난다.

모임에 나오고 싶어 하는 사람 대다수는 처음에 이런 말을 한다.

- "책을 못 읽어서 다음에 나갈게요."
- "그냥 나오셔서 듣는 것도 공부가 돼요."
- "아니예요. 열심히 읽고 나서 나갈게요."
- "…"

읽기 모임에 대해 한참을 설명하고 참여가 독서를 이끌어준다고
말해주어도 대부분의 사람들은 책을 읽는 게 먼저라고 생각한다.

●○ 독서를 이끄는 것은 바로 참여

처음 참여하는 사람들의 마음을 이해하지 못하는 것은 아니다.
그러나 **읽기 모임의 핵심은 참여가 먼저다.** 참여가 오히려 독서
를 이끌어준다. 직장에서 갑자기 야근하게 될 수도 있고, 집안에
일이 생겨서, 애인과 싸워서 등등 수없이 많은 이유로 책을 읽지
못한다. 나 또한 독서모임에 나가는 초기에 그런 일이 많았지만
'사람들의 이야기를 듣는 것도 독서다'라고 생각하며 불편한 마
음이 들어도 모임에 나갔다. 그때마다 배울 것이 많았다. 반대로
모임에 나가지 않았을 때는 다음 모임 때까지 책을 열심히 읽자
는 다짐도 흐지부지되는 경우가 많았다.
책을 읽지 못하고 모임에 참여한 후에는 오히려 그다음 시간까
지 더 독서를 열심히 하게 된다. 무의식적으로 나 자신뿐 아니라
다른 회원들을 위해서도 준비를 해야겠다는 마음이 들기 때문이
다. 집단의 공간에서 책을 대하는 태도가 변화한다고나 할까?
나는 읽기 모임에 참여하면서 오히려 독서습관이 좋아졌다. 그
점은 다른 회원들도 비슷했다.
"일하는 사람은 집 그리는 순서와 집 짓는 순서가 같구나. 그런

데 책을 통해서 생각을 키워 온 나는 지붕부터 그리고 있구나."

신영복 교수가 쓴 《담론》에 나오는 말이다.

집을 그릴 때 대부분 지붕부터 그리기 시작한다. 그림을 그릴 때는 당연하게 생각한 것이 직접 집을 지을 때는 불가능한 순서다. 읽기 모임에서 책을 먼저 읽을 것인가? 참여가 먼저인가? 순서를 정한다면 내 경험상 참여가 우선이라고 말할 수 있다.

책은 참여하고 나중에 읽어도 된다. 혼자 책을 읽는 시간은 언제든 만들 수 있다. 꾸준히 독서모임에 참여하는 사람이 결국 책도 열심히 읽는다.

●○ 귀 공부

모임 날 감탄사를 연발할 정도로 발표를 잘하는 사람이 있다. 내가 다른 사람에게 어떻게 보일까 하는 걱정을 내려놓고 잘 들으면 된다. 귀 공부를 먼저 하는 것이 읽기 모임에 빠르게 적응하는 방법이다. 듣는 것이 우선되면 함께하는 사람들에게 마음이 열리고, 자신도 짧은 시간 안에 모임에 적응할 수 있다. 또, 귀를 열면 많은 것을 배울 수 있다. 책에 접근하는 다양한 방법을 배울 수 있고 모임에서 좋은 책을 추천받을 수도 있다. 이런 부분이 읽기 모임이 가지고 있는 매력이고 강점이다.

함께 읽는 독서모임은 혼자 독서로는 채울 수 없는 매력이 있다.

읽기 모임에서는 책을 읽는 '눈 독서'에서 '귀 독서'로 확장된 책읽기를 해볼 수 있다.

꼭 책을 읽어야만 모임에 나갈 수 있다는 사고방식에서 벗어나면 다양한 시선을 만날 수 있다. 생각을 조금만 바꿔도 모임에 꾸준히 참여할 수 있는 여건이 만들어진다.

읽기 모임에 가장 중요한 첫걸음은 '참여'다. 참여를 앞세우면 책 읽는 습관도 차연스럽게 생긴다. 책을 읽어야 하는 부담도 줄고 모임이 즐거움으로 바뀐다. 즐거움이 많아지면 거기에 더해 배우는 것도 많아진다. 읽기 모임의 힘은 지속적 참여에서 나온다.

 독서모임 포인트 9 ·····························

책을 읽지 않고 나와 앉아 있기가 민망하거나, 자신만 책을 읽지 않고 나오면 민폐가 되지 않을까 참석을 꺼리는 경우가 있다. 이런 걱정은 하지 않아도 된다. 오히려 처음 참가하는 사람들은 듣는 것에 더 신경을 쓰는 것이 좋다. 함께하는 사람들의 말을 들어보면 자신이 모르고 있던 시선을 배울 수도 있다.

우리는 독서모임에서 읽기, 쓰기, 책쓰기를 합니다

읽기는
삶의
깊이다

책을 읽다 보면 흘려 읽을 때가 있다. 생각이 다른 곳에 있을 때는 열 권을 읽어도 소용없다. 무슨 내용인지, 책에서 말하고자 하는 주제는 무엇인지 마지막 장을 덮고 나면 깨끗한 백지가 되어버릴 때가 있다. 다시 읽으면 되지만 문제는 독서를 통해 얻는 것들이 내 일상을 건드리지 못한다는 아쉬움이다.

'왜 책을 읽을까?'

모임에서 토론을 해보면 여러 답변이 나오는데 그 중 '즐거워서 읽는다' 라는 답이 가장 많다. 그렇다면 책을 어떻게 읽어야 할까도 생각해볼 필요가 있다. 책은 일단 분량이 많고 이해하는 데 시간이 많이 걸린다. 소설을 읽는 것과 정보를 찾는 실용서를 읽는 게 다르다. 책을 느리게 읽어야 한다는 말도 있고 빠르게 읽어야 한다는 말도 있다. 방법들이 많지만 복잡할 건 없다. 어떻게 읽는가의 방법론보다 중요한 게 있다.

책을 읽는 이유는 내 삶을 풍요롭게 만들기 위해서이다. 아무리 오래 살며 경험한다 해도 인간의 생명은 정해져 있다. 무한하지 않기에 더욱더 삶은 소중하다. 다른 사람들이 살아낸 인생을 읽어보는 것은 소중한 경험이 된다. 책을 통해 내가 살아보지 못하고 바라보지 못한 시선을 얻게 되는 것이다.

읽기 모임에서 한 참석자가 "《하워드의 선물》을 읽고, 복잡하게 생각한 미래의 인생을 간단하게 정리할 수 있었다"라고 말했다. 책에 나온 문장이다.

"선생님, 자신의 미래에 대한 밑그림을 어디서부터 어떻게 그려 나가야 할까요?"

내 질문에 하워드는 환하게 웃었다.

"인생의 마지막 장면에서부터 시작해야지."

"인생을 어떻게 살아갈 것인가?" 나에게 질문을 던졌는데 "죽을 때 '그거 하나만큼은 참 잘한 것 같군!' 하는 말을 할 수 있으면 된다"는 하워드의 말에서 미래의 삶이 간명해졌다고 한다. 그 회원은 "그것이 무엇인지 명확하지는 않지만 어떻게 살 것인가에 대한 해답을 얻는 방법을 안 것만으로도 좋았다"고 말한다.

책을 읽으며 나를 흔들어놓은 문장을 독서모임에서 공유하면 다른 사람들에게도 그 진동이 전달된다.

책쓰기 모임 회원 한 분은 '유언'이란 주제를 가지고 원고를 쓰고 있다. 삶을 절반쯤 살아온 지점에서 죽음에 대해 생각해보자는 마음으로 시작했다. 1초 앞을 내다보지 못하는 게 사람 일인데 어떻게 유언을 할 것인지 처음에는 고민이 많았다고 한다. 하지만 죽음에 다다랐을 때의 심정을 미리 경험해보는 작업을 통해 현재의 삶이 더 소중해졌고, 글을 쓰며 자신의 삶과 주변 사람들에 대한 태도가 더 절실해지는 것을 느꼈다고 한다.

책을 읽는 이유는 많지만 가장 중요한 것은 '책이 나의 삶을 건드리는가?' '책이 나의 일상에 들어오느냐?'의 문제이다.

●○ 일상 속에 책이 들어오다

읽기 모임에서는 많은 사람들과 마주하고 이야기를 한다. 독서 발표가 되었든 토론이든 감상이든 내가 읽은 책을 소화해서 이야기를 들려준다. 이 행위 자체가 책을 내 일상에 끌어들이는 역할을 해준다. 생각을 모임에서 발표하려면 책이 나에게 울림을 준 것이 무엇인지를 되새기게 된다.

모임에서 책을 읽는다는 것은 함께 공유하는 과정을 거치기에 체험적 이야기를 하려는 경향이 있다. 그저 좋은 책이었다, 좋은 문장이 기억에 남는다, 는 식의 감상평을 말하고 싶어 하지 않는다. 그보다는 일상에서 경험해보고 싶어 하고 내 삶에 대입해보려는 노력을 하게 된다.

《나는 단순하게 살고 싶다》를 읽고 각자 발표와 함께 토론을 하며 물건을 소유하는 것에 관한 이야기를 나눈 적이 있다. 우리는 '불필요한 물건을 버릴수록 그만큼 더 소중한 것에 집중할 수 있다'라고 함께 결론을 내렸다. 다음 모임 때 한 참가자가 가방 대신 종이봉투를 들고 왔다. 지난 주에 책을 읽고 나눈 이야기를 직접 일상에서 행동으로 실천한 것이었다. 막상 종이봉투를 들고 와보니 그동안 자신이 소유하고 있던 가방들이 꼭 필요한 것이 아님을 알았다고 한다. 그날따라 비가 왔는데, 종이봉투가 젖을까 걱정하며 왔다는 말에 모두들 한바탕 웃었다.

그다음 모임에서도 또 웃음이 터지는 일이 있었다. 종이봉투에 감동받은 한 회원이 가방 대신 마트 상호가 찍힌 검은 비닐봉지를 들고 온 것이었다. 어떤 이에게는 이런 행동이 사소하게 느껴질 수도 있겠지만, 이렇게 일상 속으로 책이 자연스레 스며드는 건 절대 크고 거창한 결심이나 행동에 있지 않음을 모임을 통해 느낄 때가 많다. 가방 대신 종이봉투와 비닐봉지를 가져오는 사소한 행동이었지만, 그것을 실천해본 사람은 분명 읽은 책이 더 피부에 와 닿았을 것이다.

읽기 모임의 수준은 독서를 좋아하는 사람들이 모여 책 내용을 이야기하는 것에서만 그치지 않는다. 읽기 모임은 책을 소화해낸 사람들의 다양성을 들으며 서로 새로운 것을 발견하는 공간이다. 모임에서 책 정보만 나누는 게 아니라 사색한 것을 일상으로 끌어들여 경험하고 깨달아갈 때 더 가치가 있다.

●○ 기간의 기준점

모임 참여는 때론 일상생활을 하는 기준점이 되어주기도 한다. 일주일에 한 번 모임에 나간다면 나도 모르게 책을 읽는 패턴이 비슷해진다. 모임이 끝나면 곧바로 다음 모임에서 토론할 책을 읽게 된다. 일상생활에 약간의 저항이 걸리기는 하지만 책을 읽게 해주는 한 요인이 되어준다. 또 정기적으로 사람들과의 만남이 약속되어 있기 때문에 독서가 일상에서 자연스러워진다.

가끔 완독을 고집하는 사람이 있다. 그러나 각자의 생활에 따라 한 주 동안 몇 권의 책을 읽을 때도 있고, 시간을 많이 들여야 하는 책은 매주 나누어 읽을 때도 있다. 그러니 그 틀에 매여서 힘들어할 필요는 없다. 이것에 매달리면 완독을 하지 못할 때 모임에 참여하지 않으려는 폐단이 생긴다.

읽기 모임을 통해 일상으로 책이 들어오는 힘은 혼자 책을 읽을 때보다 훨씬 강력하다. 모임 날짜가 다가오면 무의식적으로도 책을 읽으려고 한다. 외출할 때도 책을 들고 나간다. 그전에는 깨끗하게만 보던 책에 메모도 한다. 책이 지저분해진다. 모임에서 발표하거나 토론하고 영감을 나눌 때 잊어버리지 않기 위한 행동이다. 책을 하대하라는 말도 있는데, 책 자체를 애지중지 위하는 것이 아니라 그 속에 담긴 것을 탐구하고 일상에 끌어내리려는 행동이 더 중요하다.

한번은 도서관에서 빌린 책에 무의식적으로 연필로 메모를 하다 깜짝 놀랐다. 사서 읽는 책에 평소 하던 버릇이 나온 것이다. 이런 행동을 하게 된 중심에는 읽기 모임이 있다. 혼자 독서하는 것보다는 읽기 모임을 통해 책을 읽는 것이 영향력이 크다.

나의 일상에 책이 들어온다는 건 삶이 풍성해진다는 뜻이다. 그러기에 읽기의 깊이는 삶의 깊이와 같다.

 독서모임 포인트 10 ···

책을 읽는 이유는 내 삶을 풍요롭게 만들기 위해서이다. 일상에 책이 들어오고 삶이 풍요로워지는 건 오히려 작은 데서 시작된다. 읽기 모임을 통해 일상으로 책이 들어오는 힘은 혼자 책을 읽을 때보다 훨씬 강력하다. 읽기 모임은 책을 소화해낸 사람들의 다양성을 들으며 서로 새로운 것을 발견하는 공간이다. 읽기의 깊이는 삶의 깊이가 될 수밖에 없다.

우리는 독서모임에서 읽기, 쓰기, 책쓰기를 합니다

다양한
읽기
진행

읽기 모임의 특징은, 책이 중심이고 독자의 시선으로 바라본다는 점을 들 수 있다. 독서토론이나 발표 등이 여기에 속한다. 보통 독서모임이라 하면 대부분 읽기 모임이다. 독서를 기반으로 이루어지는 읽기 모임은 기획을 어떻게 하느냐에 따라 수많은 색깔로 다양하게 진행될 수 있다.

●○ 선정도서와 자유도서

'함께 같은 한 권의 책을 읽는 선정도서.'
'각자 읽고 싶은 책을 읽는 자유도서.'
읽기 모임의 첫 번째 과제는 책 선정이다. 그중에서도 똑같은 한 권의 책을 읽고 모임을 할 것인지? 아니면 각자 자유롭게 선택한 책을 읽고 모임을 할 것인지? 구분하는 작업이 우선되어야 한다. 선정도서로 진행을 하면 한 권의 책에 공통된 주제에 관해 한 사람 한 사람이 사유한 것을 나눌 수 있다. 이 과정에서 내 생각과 비교도 해볼 수 있다. 똑같은 책인데 열 사람이 읽고 난 후 말하면 열 개의 내용이 다 다르다. 저자의 손을 떠난 책은 온전히 독자의 것이란 말이 이해되는 시간이다. 저자가 의도한 것과 또 다르게 책을 만나는 시간. 각자의 사색이 더해져 발표하는 순간 세상에 단 하나밖에 없는 책으로 바뀐다. 한 권의 책을 함께 읽고 발표하고 토론하는 선정도서의 특징은 프리즘을 통과한 빛과 비슷하다. 하나의 프리즘을 통과한 빛이 다양한 색으로 분리돼 보이는 것처럼 한 권의 책에서도 다양한 생각을 들을 수 있다.

선정도서는 내가 읽고 싶지 않은 책도 읽어야 할 경우가 생기지만 자유도서로 진행하면 내가 관심 있는 책을 읽을 수 있다. 책 선택에 제약이 없다는 장점이 있다.

나 또한 읽기 모임에서 책 선정 때문에 고민을 많이 했다. 독서를 시작하고 처음 참여한 독서모임은 자유도서로 진행이 이루어졌다. 대부분 자기계발서 위주의 책을 읽었다. 그곳엔 소설이나 문학 관련 책에 대해서는 보이지 않는 냉랭한 분위기가 있었다. 다양한 책 선정이 가능한 모임이었지만 그 방향성에 따라 나름 어려울 수도 있다는 걸 알게 되었다.

읽기 모임을 진행하려면 선정도서와 자유도서 둘 중의 하나를 선택해야 한다. 물론 한 가지만 고집하지 않고 병행하는 방법도 있다. 내가 진행하고 있는 읽기 모임도 두 가지 방식을 병행하고 있다. 모임을 일주일에 한 번 진행하고 있는데 매월 마지막 주에는 선정도서로 한다. 한 달에 한 번 선정도서로 하고 나머지 모임은 자유도서로 진행하고 있다.

두 가지를 명확히 구분해서 해도 되고 병행해도 된다. 다만 책 분류를 규정하는 곳이 있다면 그것은 다른 문제이다. 문학이든 비문학이든 자유분방하게 진행하는 모임이라면 상관없지만, 내가 처음 참여했던 모임처럼 한 분야만을 고집하는 읽기 모임이라면 그것에 관심이 있는 사람들만 모이는 것이 좋다. 내가 자기계발서를 좋아한다면 자기계발서에 치중한 모임이 당연히 좋다. 소설 등 다른 분야의 책도 마찬가지다. 그러므로 모임의 기획과 진행이 나에게 맞는지 잘 살펴봐야 한다. 아무리 좋은 기획과 진행의 읽기 모임이라고 해도 나에게 맞지 않으면 오히려 고난이 될 수 있다.

●○ 발표와 토론

책 선정에 대해 기준이 만들어지면 독서모임의 진행은 어떻게 되는지도 살펴봐야 한다. 책을 읽은 후 발표하는 것에 무게를 두는 곳도 있고, 토론하는 것에 더 비중을 두는 곳도 있다. 자유도서로 진행하는 곳에서는 책에 대한 감상을 발표하는 쪽으로 이루어지는 경우가 많다. 반대로 선정도서로 진행하면 책이나 주제에 관한 토론으로 흘러가는 경우가 많다.

내가 참여하고 있는 읽기 모임은 독서놀이터를 지향한다. 누구나 자유롭게 나올 수 있다. 그래서 모임 때마다 인원이 늘었다 줄었다 한다. 열 명이 넘을 때는 개인의 발표 및 토론 시간이 적어지고, 반대로 인원이 적게 나올 때는 시간이 한없이 많아진다. 한 번은 회원이 한 사람만 참가해서 둘이서 모임을 한 적도 있다. 그때는 책에 대한 발표와 토론도 했지만, 그간 독서와 독서 노트, 그리고 앞으로의 계획 등 서로 간에 구체적이고 세세한 이야기를 나누었다. 많은 인원이 나오면 나름 북적거리는 분위기가 좋지만 반대로 적은 인원이 모여도 색다른 느낌과 배울 것이 있다. 여하튼 인원이 많고 적음에 상관없이 둘의 공통점은 끝나는 시간까지 발표와 토론으로 꽉 채운다는 것이다.

인원이 많을 때는 진행자가 요령껏 시간제한을 해야 한다. 그리고 발표도 꼭 말하고자 하는 부분만 간결하게 하도록 유도한다. 한 사람씩 발표하는 속도가 어느 정도 잡히면 연속적으로 다른 사람들도 비슷하게 발표하게 된다. 그렇지만 두세 명이 참여할 경우에는 책에 대해 자세히 발표도 하고 질문도 한다. 더 나아가 서로 생각하는 부분에 대해 토론하는 시간이 많아진다. 신기하게도 참여 인원이 많든 아니든 끝나는 시간은 똑같다.

진행은 될 수 있는 대로 전체인원이 한 테이블에서 발표하고 토론하는 것을 원칙으로 한다. 그러나 회원수가 열 명이 훌쩍 넘을 경우 부득이 나누어 진행하기도 한다. 중요한 것은 토론이든 발표든 아니면 혼합된 형태로 모임을 하든 굳이 발표와 토론의 경계를 갈라놓기는 어렵다. 그리고 그럴 필요도 없다.

한 주제에 관해서 토론을 한다면 서로 활발하게 이야기가 오갈 것이다. 그러나 다양한 주제를 가지고 발표를 한다면 시간 배분에 따라 정제된 발표와 가벼운 토론을 하게 된다. 그러니 굳이 발표와 토론을 구분하기보다 발표를 주로 하는 곳에서 가벼운 토론을 병행하고, 토론을 많이 하는 곳에서는 간단한 발표를 하면 된다. 핵심은 하나다. 함께 다양한 생각에 노출되어 그것에서 또 다른 배움을 얻는 것이 중요하다.

●○ 묵독과 낭독

책 읽는 방식은 대부분 눈으로만 읽는 묵독이다. 오히려 소리 내서 읽는 낭독이 어색하다. 그리고 속도에서도 차이가 있다.

읽기 모임은 참여하기 전과 참여 속에서 책을 읽는 방식으로도 진행이 달라질 수 있다. 각자 책을 읽고 모임에 나와 이야기할 수도 있지만, 또 다르게 함께 책을 읽을 수도 있다.

읽기 모임에서 꼭 발표하고 토론을 해야 하는 것은 아니다. 그것도 고정관념이다. 독서를 막 시작하는 사람은 책을 읽는 것 자체만으로도 벅찰 수 있다. 이때 같은 공간에서 함께 책을 읽는다면 이것도 좋은 방법이다. 여기에 진행자가 시간을 조금만 배분해도 발표나 토론을 곁들일 수 있다. 그 시간만으로도 서로 소통할 수 있다.

조용히 눈으로 읽는 묵독도 좋지만, 함께 낭독하는 것도 의외로 재미를 더한다. 각자 자신의 책을 읽는 것도 가능하고, 함께 소리 내서 같은 책을 돌아가며 낭독하는 것도 가능하다. 모임에서 책을 읽는 것이 주목적이라면, 이제 막 독서에 관심을 가진 사람에게 잘 맞을 것이다. 무엇이든 처음부터 즐기기는 어렵다. 책을 읽는 것도 마찬가지다.

스마트폰에 익숙해져 독서에 집중하기 어려워진 시대다. 이럴 때 독서모임 안에서 여러 사람의 소리를 들어가며 책을 읽는 것, 이것만으로도 독서습관을 들이는 데 강력한 효과를 낼 수 있다. 묵독과 낭독을 주로 하며 가벼운 감상과 토론을 곁들일 수도 있다. 읽은 책에 대해서 끝나기 전 시간을 마련해 서로 이야기해 보는 것도 좋다.

읽기 모임의 특징을 더 세분할 수도 있지만 대략 진행에 관점을 맞추어 알아보았다. 그밖에 읽고 싶은 분야로도 나눌 수 있다. 문학 위주일 수도 있고, 한 주제를 정해 읽는 모임도 있다. 읽기 모임의 장점은 다양하게 진행할 수 있다는 데 있다. 나에게 맞춤형 진행이면 좋겠지만, 큰 방향만 맞는다면 나머지는 함께하는 사람들과 맞춰가면 된다. **다양한 진행을 살펴보며, 그 속에서 사람을 놓치지 말아야 한다.** 읽기 모임의 힘 중 하나는 사람들의 다양한 사유를 접할 수 있다는 데 있다. 이 힘은 절대로 혼자 책을 읽는 것에서는 채울 수 없는 부분이다. 많은 사람들이 시간을 내서 모임에 참석하는 이유이다.

 독서모임 포인트 11 ·······················

한 권의 책을 선정하여 함께 읽고 발표하고 토론하는 독서모임은 프리즘을 통과한 빛과 비슷하다. 하나의 프리즘을 통과한 빛이 다양한 색으로 분리돼 보이는 것처럼 한 권의 책에서도 다양한 생각을 들을 수 있다. 자유롭게 도서를 선정하여 읽고 난 후 모여 발표하는 독서모임도 있다. 읽기 모임을 진행하려면 선정도서와 자유도서 둘 중 하나를 선택해야 한다. 물론 한 가지만 고집하지 않고 병행하는 방법도 있다. 발표할 것인지 토론할 것인지, 묵독할 것인지 낭독할 것인지도 생각해볼 수 있는데 큰 방향만 맞는다면 나머지는 함께하는 사람들과 맞춰가면 된다.

책읽기에도
전략이
필요하다

읽기 모임에 참여하는 사람들은 모두 바쁜 생활을 하고 있다. 특히 가정에서 자신의 이름보다 엄마로 불리는 시간이 더 많은 직장인들도 제법 있다. 그녀들은 챙길 게 너무 많아 하루가 어떻게 지나가는지 모른다. 아이들 식사, 공부 봐주기, 집안 살림까지 슈퍼우먼보다 더 빠른 속도로 그 모든 일들을 해내는 걸 보면 신기에 가깝다. 그러한 여건에서도 모임에 꾸준히 참여하고 게다가 다른 참여자들에 비교해 독서량도 뒤지지 않는다. 오히려 더 많은 분량의 책을 읽고 나오는 사람도 있다. 그들에게는 공통점이 있다. 독서 시간이 정해져 있지 않다는 것이다. 시간 날 때마다 장소를 가리지 않고 틈틈이 읽는, 일명 '짬짬이 독서'가 그들의 몸에 배어 있다.

하고 싶은 일, 해야 할 일, 다 하고 나서 여유로울 때 책을 읽겠다는 건 책을 읽지 않겠다는 말과도 같다. 모임에 참여하기 위해 **필요한 독서전략 중 최고는 '짬짬이 독서'** 라 말하고 싶다.

우리는 독서모임에서 읽기, 쓰기, 책쓰기를 합니다

모임 주기는 일주일이다. 그보다 길면 2주 또는 한 달에 한 번 모이기도 한다. 모이는 요일은 거의 고정적이다. 만약 일주일에 한 번 모이는 모임이라면 책읽는 습관과 전략도 그 기준에 따라야 한다. 현재 우리의 읽기 모임은 매주 금요일 저녁에 있다. 꾸준히 참여하면서 나도 모르는 사이에 책읽는 패턴이 생겼다. 모임 다음날인 토요일부터 다음 금요일까지 될 수 있는 대로 한 권의 책을 읽는 버릇이 생겼다. '일상생활을 하면서도 책을 읽는 주기'가 모임 기간에 맞추어진 것이다. 그렇다고 일주일에 한 권만 읽는 것은 아니다. 쉬운 책은 몇 권 더 읽기도 하고, 시간이 많이 필요한 책은 2~3주 걸리기도 한다. 2주 걸린 책도 가급적 한 주에 반 권 분량을 읽으려 애쓰는 내 모습에 웃음이 날 때도 있다.

가끔 모임 장소에 미리 와서 독서를 하는 회원이 있다. 모임 시간까지 집중하여 책을 읽는 것도 좋은 전략이다. 그의 가방에는 항상 책이 들어 있다. 직장인은 책 읽을 시간이 많지 않다. 틈나는 대로 독서를 해야 한다. 그런 면에서 읽기 모임은 독서습관을 잡아주는 안전지대이자, 무의식적으로도 꾸준히 독서를 할 수 있도록 자물쇠 역할을 해준다.

혼자 책을 읽는 것보다 분명 집단에서 책을 읽으면 독서습관이 잘 만들어진다. 정해진 만남이 있고, 그 속에서 다양한 정보와 책들을 소개받는 것도 빼놓을 수 없는 이점이다.

가방에 넣고 다니든 손에 쥐고 다니든 책이 몸에 따라 다녀야 한다. 일상에 책이 항상 동행하는 삶. 진리는 언제나 단순하다고 하는데 맞는 말이다. 읽기 모임에서는 타율적 구속, 즉 참여도 적극적으로 이용하는 게 좋다. 나뿐 아니라 남들을 위해서라도 모임 전까지 한 권의 책을 읽으려 노력해야 한다. 그러기 위해선 손에서 책을 놓지 않는 수불석권(手不釋卷) 전략이 필요하다. 이것이 슈퍼맨보다 바쁜 사람들이 독서를 하는 방법이다.

●○ 25쪽 독서습관

나는 맞벌이 아빠다. 일주일에 한 번 하는 읽기 모임은 왜 그리 빨리 돌아오는지! 예전에는 책을 읽을 때 기준점이 없어 마음이 내키면 읽고 아니면 말았다. 그러다 모임이 하루이틀 다가오면 허겁지겁 독서를 했다. 방법을 찾아야 했다. 그것이 자투리 독서를 하게 된 계기였다. 독서습관을 만들기 위해 처음에는 책을 읽지 않아도 손에 쥐고 다녔다. 우유 하나를 사기 위해 마트에 가면서도 책을 들고 갔다. 장소 불문하고 시간만 생기면 읽었다. 바쁜 직장생활을 하는 맞벌이 아빠이기에 선택한 고육지책이었다. 하지만 자투리 독서를 하다 보니 문맥이 뚝뚝 끊어지는 단점이 있었다. 그래서 하나의 원칙을 세웠다. 무조건 25페이지를 읽기로 했다.

처음에는 시간이 넉넉하게 주어져도 25페이지를 읽을 때까지 집중하기 힘들었다. 하지만 한 달 정도 매일 꾸준히 해보니 10페이지 정도 몰입하는 게 쉬워졌다. 그리고 25페이지를 읽을 때까지 지속했다. 덕분에 모임 전까지 책을 읽지 못하는 사태는 더 이상 일어나지 않았다. 오히려 반대 현상이 생겼다. 읽은 책이 많아 어떤 것을 발표할지 고민하는 날도 있었다.

"변명이 변해야 변한다."

나의 첫 책《하루 25쪽 독서습관》에 있는 문장이다. '바쁘기 때문에 책을 읽을 수 없다' 라는 변명을 합리화시켜서는 안 된다. 변명이 변하지 않으면 변할 수 없다는 걸 절절히 느꼈다. 독서를 못하는 핑계는 아주 많지만 나는 25쪽 자투리 독서를 하면서 더 이상 시간이 없어서 책을 못 읽는다는 변명을 하지 않게 되었다.

나의 책읽기 전략은 25쪽씩 끊어 읽는 방법이었다. 특히 이 방법을 쓰면 '몰입도'가 올라간다. 어떡하든 범위를 정한 곳까지는 집중해서 책을 읽는 습관이 생기기 때문이다. 공부할 때도 마찬가지 아닌가. 책상앞에 1시간을 앉아 있어도 잡생각을 하며 시간을 보내면 머릿속에 들어오는 게 없다.

독서모임에 참여하고는 싶은데 시간이 부족하거나 독서 여건이 어려운 사람은 25쪽씩 읽어보기를 권한다. 처음 책에 흥미를 느낀 사람이라면 분량을 꼭 25쪽으로 정할 필요는 없다. 처음에는 한 쪽도 좋고, 두세 쪽도 좋다. 자투리 독서를 반복해서 하다 보면 분량 기준이 나도 모르게 일취월장해 있음을 경험할 수 있다. 25쪽에서 50쪽으로 점차 읽는 분량을 배로 늘려나가면 된다. 1년 정도 꾸준히 한다면 한 권의 책을 25쪽 읽는 것처럼 몰입해서 한 번에 읽는 경우도 자주 경험하게 된다.

이 방법은 두 마리 토끼를 모두 잡게 해준다. 하나는 바쁜 시간에 짬 내기 쉽지 않은 것을 해결해주고, 거기에 더해 중요한 집중력을 올려준다. 독서를 할 때 얼마나 집중하고 읽는가? 이것은 중요한 문제다. 그것을 해결해주는 방법이 25쪽씩 분량을 정해 읽는 것이다. 이 반복이 쌓이면 훌륭한 독서전략이 된다.

●○ 독선을 방지하는 책읽기

읽기 모임에 나가면 우리는 알게 모르게 나만 옳다는 주장을 내세울 때가 있다. 책도 내가 좋아하는 장르만 고집하며 읽는 습성이 있다. 다른 사람들이 읽는 책을 살펴보는 것도 좋은 책읽기 전략이 될 수 있다. 이 방법은 내 주관적 판단이 들어가 있지 않기 때문에 신선하다. 모임에서 소개되는 책 중에 관심이 가는 책을 읽어보면 의외로 재미있고 배울 점이 많다. 생소하고 낯선 책도 있겠지만 그 나름대로 의미가 있다.

읽기 모임은 다양한 책을 읽는 것과 더불어 사람 사이의 관계도 배우는 곳이다. 상대의 잘못된 점이나 나와 맞지 않는 부분은 예리하게 발견하면서 나 자신은 보지 못한다면, 큰 틀에서 빈 껍데기 공부가 될 수 있다. 서로 마주 보고 소통하는 모임에서 아집과 독선을 경계한다면 큰 공부가 될 것이다.

모임에 꾸준히 참여하고 항상 책을 가지고 다니는 방법보다 더 좋은 책읽기 전략은 존재하지 않는다. 거기에 더해 모임을 통해 혼자만 잘났다는 생각에서 벗어나는 배움의 시간을 만들어야 한다. 나는 사십 중반에 독서를 시작했다. 아마도 읽기 모임을 통한 책읽기가 아니었다면 중간에 포기했을지도 모른다. 읽기 모임에서 나의 독서전략은 간단했다. 독서보다 참여가 먼저였고, 시간 날 때마다 25쪽씩 읽는 것. 단순하지만 7년 동안 읽기 모임을 진행하고 참여할 수 있었던 전략이다. 나에게 맞는 책읽기 전략을 만들면 읽기 모임이 더 즐거워진다.

 독서모임 포인트 12 ···

바쁘지 않은 사람은 없다. 하루가 정신없이 지나가는 바쁜 직장인들, 특히 직장다니는 엄마들이 책을 더 많이 읽고 독서모임에 참여도 더 열심히 한다. '짬짬이 독서' 전략 덕분이다. 일상에 책이 항상 동행하는 삶. 진리는 언제나 단순하다. 모임 전까지 한 권의 책을 읽기 위해서는 손에서 책을 놓지 않는 수불석권 전략도 좋고, 하루 25쪽 독서전략도 좋다.

독서 노트,
정리보다
배설에 가깝다

'참, 어렵다!'

읽기 모임에 참여한 지 얼마 되지 않았을 때였다. 이상하게도 모임에서 발표를 해야 한다는 부담감 때문에 책 내용이 잘 생각이 안 났다. 책을 읽을 때도 마찬가지였다. 집중이 안 되었다.

발표는 어떻게 해야 할까? 어떤 내용으로 토론과제를 잡을까? 이런저런 생각을 하느라 모임에 나가고 6개월 동안은 책에 푹 빠져 읽지 못했다. 독자로서 책과 온전히 만나지 못한 것이다. 나와 책 사이에 사람들이 있었고 나는 그것을 심하게 의식하고 있었다. 정확히 이야기하면, 읽기 모임에 참여하는 사람들을 염두에 두고 독서를 하고 있었다. 모임에 나가기 전에 혼자 읽을 때보다도 독서량이 줄고 있었다. 독서모임에 참여하면서 나의 독서는 남에게 보여주려는 독서로 변질되고 말았다.

사람들에게 보여주려는 책을 고르면서 내용을 읽기보다 인터넷에 올라온 서평을 살펴볼 때가 더 많아졌다. 지금 현재 내 관심사에 관계된 책을 골라 읽는 습관도 바꾸어버렸다. 나는 요즘 한 창 뜨는 베스트셀러와 밀리언셀러만 읽으려 하고 있었다.

'솔직해지자!'

읽기 모임에서 '내가 어떻게 보일까' 보다 '나에게 먼저 집중하자'고 다짐했다. 하지만 생각과 다르게 한 주는 쏜살같이 지나가고, 허겁지겁 모임에 나갈 준비를 하고 있는 나를 발견하곤 했다. 나만 겪는 일이 아니었다. 처음 모임에 참여하는 사람들이 자연스레 겪게 되는 문제였다.

●○ 독서 노트를 쓰다

고민이 늘어갈 때쯤 엉뚱한 데서 문제를 해결할 방법을 찾았다. 그것은 독서모임에 참여한 한 회원의 손에 들려 있던 노트였다. 그분은 학생을 가르치는 교사로, 항상 미소 가득한 얼굴로 모임에 참여했고, 다른 회원들과 달리 발표 때마다 탁자 위에 노트가 있었다. 처음에는 발표하는 사람들 말을 메모하는 줄 알았다. 그런데 알고 보니 십 년간 꾸준히 써오고 있다는 독서 노트였다. 자신의 발표 차례가 되면 노트를 보면서 쓰여 있는 그대로 읽기도 하고, 그것을 보고 생각을 정리하며 이야기하기도 했다. 두서없이 말하는 법이 없었고, 항상 책에 대한 전체적인 요약을 잘했다. 거기에 독서를 하며 인상 깊었던 인용구도 들려주었다.

그의 발표가 끝나고 나는 노트를 잠깐 보고 싶다고 부탁드렸다. 내용을 살펴보니 보통 우리가 책을 읽으면서 만나게 되는 좋은 문장들이었다. 또 독서 후 떠오르는 생각도 적혀 있었다. '특별한 게 없네!' 생각하며 시험 삼아 따라 해보았다. 하지만 막상 독서 노트를 작성하려니 시간이 많이 걸렸다. 책 읽을 시간도 부족한데 좋은 문장과 내 생각까지 적으려니 시간이 두세 배 오래 걸렸다. 긴 문장을 통째로 베껴 쓸 때는 손가락이 아플 정도였다.

처음에는 눈에 띄는 구절을 옮겨 적기만 했다. 눈으로만 읽을 때는 몰랐는데 독서 노트에 문장을 옮겨 적어보니 확실히 달랐다. 좋은 문장이 머리에 각인되는 느낌이 들었다. 한 자 한 자 적으면서 그 문장을 음미할 수 있어서였다. 공부하는 원리도 마찬가지 아닌가. 눈으로만 보는 것이 아니라, 소리 내서 읽고 손으로 적으며 공부를 하면 더 잘 기억되는 원리와 같다. 독서로 말하자면 '눈독서'가 '손독서'로 바뀐 것이다.

●○ 독서 노트, 정리보다 배설에 가깝다

책을 읽으며 노트에 적는 것이 점점 습관으로 붙기 시작했다. 노트가 없으면 빈 종이에 적었고 노트북에 적기도 했다. 그리고 읽기 모임에서는 메모한 걸 보면서 발표했다.

읽기 모임에 참여하면 대부분 발표하는 것을 힘들어한다. 이 문제는 시간이 흐르면 여유가 생기겠지만, 처음 나온 사람은 여러 사람 앞에서 발표하는 것도 고역스럽기 마련이다. 성격이 내성적인 사람이면 부담감이 더하다. 이건 내 얘기다. 소심한 성격 중에서도 아주 심한 편이다.

발표가 부담스럽지 않게 된 것은 독서 노트 덕분이었다. 노트를 써보니 이해도 잘 되고 요점 정리도 쉬웠다. 모임에서 발표할 때 노트를 보고 있는 그대로 읽기도 했는데 즐겁기까지 했다.

'독서 노트' 하면 거창한 것 같지만 별거 없다. 내가 작성한 것은 그저 낙서장 수준이었다. 맘에 드는 글도 적고, 두서없이 떠오르는 생각을 쓰기도 했다. 정리되지 않은 글도 많았다. 때로는 그림도 그렸다. 그림감각이 있어서가 아니었다. 나무가 생각날 때에는 유치원생 수준으로 형체만 그렸다. 깨끗하게 정리하고 보관하려는 목적으로 메모하는 게 아니었다. 생각을 정리하는 게 아니라 마구 쏟아내본 것이다. 형식에 구애받지 않는 거침없는 행위였다. 아이들이 막대기로 땅에 그림을 그리며 장난치는 식의 놀이에 가까웠다.

분명 책을 읽었는데 덮고 나면 읽은 게 하나도 기억에 남지 않는다고 말하는 사람들이 있다. 격하게 공감한다. 나 또한 그 부류였다. 읽을 땐 무릎을 치며 감탄했는데, 책만 덮으면 주제가 무엇이었는지 전체 줄거리가 무엇인지 도통 떠오르지 않았다. 책에 대한 혼란은 고스란히 발표에 대한 부담감으로 다가왔다. 이

둘을 동시에 조금씩 털어버리게 도와준 것이 독서 노트였다.

예전의 나는 하얀 백지에 좋은 것만 옮겨 적으려 했다. 주제도 명확해야 썼다. 그러던 어느 날, 독서를 하면서 책에 메모도 하고 줄도 치고 생각도 적고 있는 나를 발견했다. 책에도 이렇게 낙서를 하는데 굳이 독서 노트라고 편안하게 적지 못할 이유가 없었다. 억지로 잘하려고 할 필요가 없었다. 잘 정리하고 깔끔하게 쓰려는 것을 포기했다. 독서를 하다 무언가 떠오르면 굳이 독서 노트가 아니어도 책에도 내 생각을 거침없이 적었다.

배설에 가깝게 자유로이 적은 노트는 독서모임을 즐길 수 있게 해주었다. 독서 노트를 가진 사람과 그렇지 않은 사람은 차이가 많이 난다. 이 차이는 시간이 갈수록 커진다. 메모를 하지 않는 사람은 기복이 심한데 반해 독서 노트를 작성하는 사람은 읽은 책에 대해 조리 있게 이야기하며 자기 생각을 잘 전달한다. 메모나 독서 노트를 쓰지 않는 사람은 배가 산으로 가는 것처럼 나중에 자신이 무슨 말을 하는지 모르는 경우도 있다.

독서 노트는 혼자 책을 읽을 때나, 읽기 모임에 참여할 때 도움이 많이 된다. 독서 노트를 처음 가지고 온 그 회원은 결국 책을 출간했다. 역량도 역량이겠지만, 십 년간 쓴 독서 노트의 힘이었다고 본다. 독서모임 참여가 어렵거나 발표가 부담스럽다면 적극적으로 메모를 해보기 바란다. 메모하면 생각도 강해진다.

1. 쓰면서 생각하라.

2. 독서 노트에 번호를 부여하면 지속성이 증가한다.

3. 틀에 갇힌 형식보다 자유분방하게 쓰면서 만들어가라.

4. 모임에 독서 노트를 가지고 다녀라.

5. 읽기 모임에서 메모 용도로도 사용하라.

6. 시간이 날 때마다 오래된 글부터 다시 읽어보라.

7. 온 · 오프라인을 모두 사용하라.

8. 조금 얇은 노트를 사용해 한 권 두 권 모이는 재미를 느껴라.

9. 필사도 중요하지만 내 생각을 담아라.

10. 작성한 것은 버리지 말고 보관하라.

 독서모임 포인트 13 ·····························

읽기만 하는 것보다 노트에 적기 시작하면 좋은 문장이 머리에 더 깊이 각인된다. 책 읽을 시간도 부족한데 좋은 문장과 내 생각까지 적어둔다는 건 그만큼의 노력과 시간이 필요한 일이다. 생각도 메모하면 더욱 강해진다. 손으로 적으면 눈으로 보는 것보다 더 오래 기억된다. '눈독서'와 '손독서'를 병행하면 독서모임이 더욱 즐거워진다.

A4
한 장의
힘

사람의 천성은 고치기 어렵다. 내성적인 사람이 외향적인 사람으로 바뀐다는 건 아마도 천지가 개벽해야 가능하지 않을까! 그런데 사람의 천성을 군이 바꿔야 하는지 의문이 들기도 한다. 사람들 앞에 나서는 것을 좋아하지 않는 성격인데 군이 고치려고 노력한다 해도 눈에 보이는 외형적인 부분만 변할지도 모른다.

우리 사회는 내성적인 성격을 바꿔야 한다고들 한다. 활달해야 사람들과 잘 어울릴 수 있다고 생각하기 때문이다. 하지만 반대로 고치지 않는 게 더 현명할지도 모른다. 그 나름 장점도 많다.

천성에 대해 길게 말한 것은 A4 한 장의 메모와 연관이 있기 때문이다. 사람들 앞에 나서서 말하는 것을 어려워하지 않는 사람이라면 상관없다. 그러나 내성적이고 사람들 앞에서 이야기하는 것 자체가 힘든 사람들이 있다. 이때 필요한 것이 바로 A4 한 장의 메모다.

처음 1년간 나와 맞지 않는 독서모임에 나가느라 무척 힘들었다. 그 이후 내가 직접 독서모임을 기획하여 진행하고 있다. 기획이라고 거창하게 말했지만 모임에 두 가지 원칙만 정했다.

하나, 금전적인 것은 절대 걷지 않는다. 참가비를 포함해 어떤 명목으로도 비용을 걷지 않았다.

둘, 발표할 내용은 A4 한 장에 적어오기를 권장했다.

첫 번째 원칙은, 혹시나 적은 비용이라도 불미스러운 일이 생길까 봐 사전에 차단한 것이다. 독서모임은 매번 나오는 사람들이 정해져 있지 않기 때문에 정산이 어렵다. 적은 돈이라도 계속 쌓이다 보면 문제가 생길 수 있어서 비용 자체를 발생시키지 않기로 했다. 또 하나, 발표할 내용을 A4 한 장에 적어오기를 권한 이유는 자신뿐 아니라 함께하는 사람들에 대한 배려 차원이었다. 두 가지 원칙 중 비용을 걷지 않는 건 쉬운 일이다. 그러나 한 장의 종이에 발표할 내용을 적어오는 건 만만한 일이 아니었다.

●○ 한 장에 담긴 압축의 힘

여러 사람이 함께하는 모임에는 진행에 변수가 많다. 참여 인원이 적으면 시간 여유가 있지만, 많은 회원들이 나와 한 사람 한 사람 이야기할 경우에는 시간 조절이 필요하다. 여러 사람이 소통하고 싶어서 나오는 모임이므로 발표시간에 어느 정도 제한이 있는 게 좋다. 정해진 시간보다 짧게 끝나면 문제가 없지만, 말이 길어지면 누군가는 발표나 토론을 못하는 경우가 생긴다. 이런 문제는 종이 한 장에 발표내용을 적어오면 깔끔히 해결된다. 보통 적어온 것을 그대로 읽기도 하고, 정리한 것을 보며 발표를 하는데, 신기하게도 핵심을 벗어나지 않고 자신이 하고 싶은 말을 잘한다. 책의 내용이나 내가 하고 싶은 말을 **종이 한 장에 적으려는 행위 자체가 요약하고 압축하는 일이다**. 그러기에 가장 중요한 것들만 전달할 수 있게 된다.

A4 한 장을 꾸준히 작성하는 사람들은 특징이 있다. 책에 대한 감상이든 서평이든 자신의 생각이든 한마디로 요약을 잘 한다는 점이다. 보통 A4 한 장에 정리해오지 않는 참여자는 책에 대한 부분적인 내용 소개나, '이런 점이 좋았다' 라는 식의 전개가 많다. 그러나 A4 한 장에 정리해오는 사람은 대부분 그 책에 관해 압축한 한마디 결론을 먼저 발표한다.

"독서는 책을 읽는 것에서 그치지 않는다. 책의 내용, 즉 저자의 생각과 자신의 생각을 마주하게 함으로써 끊임없이 생각하고 사고의 확장을 도모하는 사고 훈련이다. 그리고 마지막에는 자신이 깨달은 책의 핵심 내용을 한마디로 요약하는, 즉 하나의 문장으로 재탄생시키는 과정이다."

김병완 작가의 《초의식 독서법》에 나오는 말이다.

발표할 것을 종이 한 장에 적기 위해서는 그 책의 내용뿐 아니라 자기 생각까지 한마디로 요약하게 된다. 《초의식 독서법》을 읽기 모임에서 발표할 때 내가 압축한 한마디는 '의식을 높이고 손으로 써라'였다. 우리 선조들은 책을 대할 때 바른 몸가짐과 높은 의식을 가지려고 노력했다. 공부를 출세의 수단으로 여기지 않았다. 율곡 이이는 "공부는 사람다운 사람이 되기 위해 누구나 해야만 하는 것"이라고 말했다. 독서를 할 때 선조들의 의식을 배우려 노력해야 한다. 거기에 더해서 머리로만 생각하는 것이 아니라 좋은 문장을 손으로 베껴 쓰는 '초서'를 했다.

초서에 대표적인 분으로 500권의 책을 쓴 다산 정약용 선생을 들 수 있다. 《초의식 독서법》은 '초서'와 선조들의 '의식'을 결합한 독서방법으로, 독서 노트 작성에도 도움이 된다.

●○ **프린트는 배려다**

현재 내가 진행하고 있는 읽기 모임에서 여유가 있는 회원들은 자신이 정리한 A4 한 장짜리 요약물을 여러 장 프린트해와서 발표 전에 회원들에게 나눠준다. 인원이 많아 준비해온 종이가 부족하면 두세 사람이 함께 보기도 한다. 눈으로 프린트물을 보면서 발표내용을 경청하는 건 색다른 즐거움이 있다. 기억하고 싶은 좋은 문장을 듣기만 할 때에는 적기 어려울 때도 있는데, 인쇄

된 것을 보며 줄을 긋고 여백에 메모를 할 수 있으니 좋다. 모임이 끝나고 나중에 볼 수 있는 점도 좋다.

발표자가 자신의 생각을 A4 용지에 압축해 적을 때에는 중요한 것만 쓰게 된다. 다른 것을 적고 싶어도 지면이 부족하니 선별해서 적을 수밖에 없다. 이 압축된 프린트물은 상대에 대한 배려도 담겨 있다.

A4 용지 한 장에 적어오는 것이 원칙이지만 그렇다고 꼭 분량을 지킬 필요는 없다. 압축해도 발표할 내용이 많으면 2~3장에 써와도 좋다. 많다고 시비를 걸 사람은 없다. 시간과 노력이 많이 들지만 A4 한 장에 발표내용을 압축하는 작업은 여러 면에서 효과가 크다. 책의 주제를 잘 파악할 수 있게 되고, 주어진 시간에 효과적으로 발표할 수 있게 된다. 모임에서 각자가 정리해온 프린트물을 나누는 풍경을 보면 서로 선물을 주고받는 것처럼 느껴진다. 음식으로 말하면 뷔페 잔치를 하는 기분도 든다.

A4에 정리해오는 것은 강제 사항은 아니라 억지로 할 필요는 없다. 다만 자신의 능력껏 정리해온다면 모임 안에서 서로에게 전하는 배려의 선물이 될 것이다. 읽기 모임에서 독서 노트를 활용하면서 또 발표할 자료로 A4 한 장에 요약한다면 효과는 더 커진다. A4 한 장에는 상대에 대한 배려와 자신을 성장시키는 힘이 동시에 들어 있다.

●○ A4 한 장에 꼭 쓰면 좋은 내용들

1. **기본적인 사항** : 자료로 남기기에도 좋고 참여 회원들을 배려하는 차원에서 날짜, 이름, 책 제목 등 기본적인 사항을 표시하는 것이 좋다.

2. **핵심은 한마디로 압축하여 타이틀로!** : 요약한 내용 전체를 아우르는 한마디를 적는다. 책으로 비유하면 제목을 만드는 것과 같다.

3. **발표할 내용 한 가지만 적기** : 좋은 문장이나 정보, 자기 생각, 감상, 서평 등등 적을 것이 많을 때에는 버리는 연습을 해보자. 사람들은 정제된 이야기를 듣고 싶어 한다. 책에 대한 정보를 자세히 듣는 것보다 발표한 사람의 사색이 더해진 내용을 듣고 싶어한다. 요약과 압축한 다른 내용이 많아도 3가지 이하로 적는 것이 좋다. 더 확실한 방법은 한 가지만 적는 것이다.

 독서모임 포인트 14 ....

내성적이고 사람들 앞에서 이야기하는 것 자체가 힘든 사람들이 많다. 이때 필요한 것이 바로 A4 한 장이다. 종이 한 장에 적으면 책의 내용과 내 생각이 요약되고 압축된다. 가장 중요한 것들만 적게 되는 것이다. 독서모임에서는 적어온 것을 그대로 읽어도 되고, 정리한 것을 보며 발표를 해도 된다. 시간의 압박이나 두려움 없이 전달의 효과도 크니 일석이조가 아닐 수 없다.

'사람책'
독서

누구나 자신만의 특별한 매력이 있다. 화려하지 않고 수수한 옷차림인데도 끌리는 사람이 있다. 사람과 마찬가지로 읽기 모임도 특유의 매력이 있다. 책을 좋아하거나 관심 있는 사람이 읽기 모임에 참여한다. 또 독서를 오랫동안 한 사람이든 독서 초보든 모임에 참여해서 함께 소통하고 싶어 한다. 낯섦을 극복하고 약간의 용기를 내야 하는 부담이 있지만 많은 사람들이 읽기 모임에 함께하는 이유는 특유의 매력이 있기 때문이다.

●○ 사람을 통해 책을 읽다

읽기 모임에서는 엄밀히 말하면 책에 집중하는 게 아니라, 그 책을 읽은 사람에게 집중한다. 책을 보는 것이 아니라 한 사람이 소화해낸 내용을 듣는 것이다. 모임에 참석한 지 얼마 되지 않았을 때는 회원들이 소개하는 책에 관심이 더 많았다. 내가 읽지

우리는 독서모임에서 읽기, 쓰기, 책쓰기를 합니다

않은 분야의 책일 때 관심을 가지고 귀를 쫑긋 세워 들었다. 그리고 읽을 책 목록에 적어두고 시간이 허락하는 대로 구매해서 읽었다. 들을 때는 분명 호기심을 자극했는데, 직접 읽어보니 재미도 없고 무슨 내용인지 잘 모를 지경이던 책도 있었고, 또 생각지도 못했던 데서 새로운 관심과 호기심이 생겨 계속 그 분야의 책을 찾아서 읽기도 했다.

모임이 진행되면 한 사람을 통해 다른 사람들에게 체온이 식지 않은 책이 전해진다. **읽기 모임은 책이 아닌, 발표하는 사람과 듣는 사람 사이의 그 어느 접점에서 소통이 이루어진다.** 그러니 독서할 때 책에 집중하는 것처럼 모임에서는 말하는 사람에게 집중해야 한다. 그저 책이 좋아서, 아니면 다른 사람은 무슨 책을 읽을까 궁금해서 나왔다 해도 마찬가지다. 책을 읽는 게 아니라 사람을 읽는 것이다. 같은 책을 읽었어도 서로가 소화하는 내용은 다 다르다. 읽는 이의 경험과 사색을 통해 나온 책은 세상에 단 하나밖에 없는 또 다른 책이라고 해석해볼 수도 있다. 발표자의 표정과 행동, 그리고 토론 내용에 집중하면서 내 의견을 말하는 것이 중요하다. 어쩌면, 읽기 모임에서 하는 행위는 독서와 사색뿐 아니라 바로 사람들과의 소통이다. 그리고 그 관계는 삶을 살아가는 현실에 고스란히 반영된다. '이 사람은 이렇게 생각하는구나' '또 다른 사람은 저렇게 해석하는구나' 하는 다양성을 만나고 관계를 맺으면서, 머리로만 생각하는 것에서 벗어나 일상에서의 실제 행동으로 연결된다.

●○ 모임이 시작되는 순간 사람만 남는다

읽기 모임에서는 기존의 회원들과 새로 나오는 회원이 잘 어우러진다. 책을 함께 읽고 토론한다. 다양한 직업을 가진 사람들의 각기 다른 재능과 능력이 어우러지면서 서로 서로 영향을 주고받는다.

1년을 기준으로 매주 한 명의 새로운 사람이 참여한다고 가정하면 대략 50명이 넘는다. 이렇게 50명을 만나는 것만으로도 많은 영향을 주고받는다. 읽기 모임에서의 만남은 그래서 특별하다. 책을 공유하고, 서로의 주제로 함께 토론하는 것만으로도 배움을 얻을 수 있다. 이 만남에 지속성이 더해지면 그만큼 서로에 대한 영향력은 커진다.

한 권의 책을 선택하고, 그 책을 읽는 것도 하나의 만남이다. 이 만남을 귀하게 여기느냐 아니냐에 따라 분명 모임이 나에게 미치는 영향은 다를 것이다. (물론, 내가 다른 사람에게 미치는 영향도 크다) 읽기 모임이 시작되는 순간, 모든 것은 사라지고 사람만 남으므로.

사람과 책? 사람책?

독서와 독서모임의 가장 큰 차이는 '사람책'이다. 사람과 책을 합친 말인가? 궁금할 것이다. 한 권의 책을 선택한 건 한 사람과 마주하는 '만남'과 같다. 그리고 책을 읽는 행위인 독서는 만남을 통한 대화라고 할 수 있다. 거기에 더해 읽기 모임은 저자와 나뿐 아니라 참여하는 사람들이 함께한다. 그러기에 읽기 모임은 혼자 하는 독서와 다르게 접근해야 한다. 바로 '사람책'을 어떻게 읽을 것인가가 중요하다.

'사람책'이란 단어는 김수정 씨가 쓴《나는 런던에서 사람책을 읽는다》를 읽으며 알게 되었다. 저자는 서문에 이렇게 쓰고 있다.

"〈리빙 라이브러리(Living Library)〉의 콘셉트는 단순했다. 도서관에 와서 '책'을 빌리는 대신 '사람'을 빌린다는 것. 대출시간은 30분. 독자들은 준비된 도서목록(사람들 목록)을 훑어보며 읽고 싶은 책(사람)을 선택한다. 그리고 그 책(사람책)과 마주앉아 자유로운 대화를 통해 그 사람의 인생을 읽는 것이다."

책을 통해 독서를 할 수도 있지만 사람을 통해 책을 만날 수도 있다. 〈리빙 라이브러리〉 행사에서 한 사람의 인생을 읽는 것처럼 독서모임에서도 '사람'을 통해 책을 읽는다. 집중하던 대상이 책에서 사람으로 바뀌면서, 독서모임을 바라보는 나의 태도가 달라졌다. '사람책'이란 단어를 통해 모임에서 책이 아닌 사람이 우선되었다. 순서가 바뀌었고, 발표하는 사람들이 소개하는 책만 듣는 것에서 벗어날 수 있었다.

●○ 모임의 백미 5분독서

나라면 절대 생각해보지 못했을 텐데 '아! 저 사람은 어떻게 저렇게 해석할 수 있을까?' 싶을 때가 있다. 지금 참여하는 읽기 모임에는 5분 발표 시간이 있다. 5분이라는 시간은 결코 길지 않다. 많은 사람들의 이야기를 들어야 하니 시간을 제한할 수밖에 없다. 하지만 시간이 짧아도 각자의 중요한 핵심은 들을 수 있다. 책을 읽지 않아도 읽기 모임에 참여하고 싶은 이유가 바로 이 5분 때문이다. 발표하는 사람들 각자의 사색을 듣는 것. 이것은 읽기 모임에서만 가능하고, 참여를 통해 만날 수 있는 원석이다. 어떻게 듣는가에 따라 원석이 보석으로 변하기도 한다.

내가 책에 빠져든 계기는 '한 권의 책을 읽으면 한 사람의 인생을 알 수 있다'는 매력 덕분이었다. 그러나 책을 꾸준히 볼 수 있게 된 건 읽기 모임에서의 5분 발표의 힘이 컸다. 나는 이것을 '5분독서'라고 부른다. 이것을 알기 전에는 혼자 책을 읽는 것도 좋았는데 다른 사람들의 사유를 듣게 되면서부터는 생각의 볼륨이 커졌다. 다양성에 노출되었다고 해야 할까?

여하튼 발표하는 사람들을 통해 내가 생각해보지 못한 것을 듣는 5분은 나에겐 읽기 모임의 백미다. 그래서 이 시간만큼은 잡생각을 하지 않고 한 권의 책을 독서한다는 마음으로 경청한다. 아니, 경청으로는 모자란다. '전심' 해서 들으려 노력한다. 전심해서 들으려 하지 않고 발표하는 것을 그저 흘려들으면 읽기 모임에 참여하는 법을 모르는 사람이다.

'사람책'을 독서하는 마음으로, 회원들의 5분 발표 시간 동안 한 권의 책을 소중하게 읽어야 한다. '사람책'을 읽는 건 읽기 모임을 지탱하는 뼈대이자 기초이다.

 독서모임 포인트 15 ······················

읽기 모임에서는 엄밀히 말하면 책에 집중하는 게 아니라, 그 책을 읽은 사람에게 집중한다. 책을 보는 것이 아니라 한 사람이 소화해낸 내용을 듣는 것이다. 독서할 때 책에 집중하는 것처럼 읽기 모임에서는 말하는 사람에게 집중한다. 다양한 직업을 가진 사람들의 각기 다른 재능과 능력이 어우러지면서 서로 영향을 주고받는다.

혼자 읽는 책,
함께 읽는 책

어떤 책을 선택할까? 혼자일 때와 모임에서 함께할 때, 책 선택을 어떻게 하는 게 좋을지 생각해보는 것도 중요한 문제다. 모임의 특수성을 고려하면 분명 의미있는 일이다.

●○ 혼자 읽는 책

먼저 혼자 읽는 책에 대해서 살펴볼 필요가 있다. 사람들에게 듣는 것도 중요하지만 결국 끈을 이어주는 것은 책과 독서다. 혼자 읽을 때는 누구에게 영향을 받을 필요도 없고 내가 원하는 책 위주로 읽으면 된다. 이때 책 선택을 어떻게 할 것인지 고민하는 사람이 많다. 특히 독서에 취미를 들이는 단계에 있을 때에는 더더욱 그렇다. 내가 어떤 책을 읽고 싶은지 모를 때도 있다. 책 선택은 누구에게나 일률적으로 적용할 수 있는 문제가 아니며 각자 고유한 방식으로 정하면 된다. 다만 잘 모르겠다면 첫째, 나의 관심사가 무엇인지 생각해보고 연관이 있는 걸 찾아본다. 또 재미있다고 생각되는 분야를 먼저 접해도 좋다. 아직 습관이 되지 않았다면 관심과 즐거움이 우선되는 독서가 좋다.

읽기 모임에서 혼자 읽는 책을 어떻게 선택하는지에 대해 토론해보았더니 여러 가지 방식이 등장했다. 독특한 방법도 있었지만 대부분 다음과 같은 몇 가지로 정리가 되었다.

| "인기 있는 책 위주로 읽어요" |

책 선택에 실패하는 게 싫어 베스트셀러나 스테디셀러 위주로 본다는 이야기가 많았다. 이 방법이 나쁜 건 아니다. 다만 유행에 따라 인기 위주의 책만 읽는 태도는 경계해야 한다. 나의 주관이 빠진 '다른 사람들이 좋다고 하더라' 하는 의견에만 치우쳐서는 안 된다. 베스트셀러나 스테디셀러 중에서도 내가 판단해서 선택하는 게 좋다. 다양성의 범주가 조금 좁기는 하지만 다른 방법과 병행하면 괜찮을 것 같다.

| "읽기 모임에서 소개한 책 중 관심 가는 것을 읽어요" |

매번 그렇지는 않겠지만 함께하는 사람들이 소개한 책 중 관심이 가는 책은 누구나 읽어보려고 한다. 책을 소개해준 사람의 사색까지 함께 알고 있으니 자신이 읽으며 그것과 비교하는 재미도 쏠쏠하다. 특히, 모임 안에서 같은 책이 반복되면 지루할 것 같지만 전혀 그렇지 않다. 각자 바라보는 시각이 다르기 때문에 완전히 새로운 책으로 보인다. 의외로 모임 때마다 두세 명이 연속해서 같은 책을 발표하는 경우가 있는데, 그 책을 읽고 실망한 적은 없었다. 그만큼 울림이 있는 책이기 때문일 것이다.

| "도서관에서 그때그때 선택해요" |

책을 보기 위해 도서관에 주기적으로 가는 사람은 대부분 다독가다. 인기 있는 책은 대출 대기순번이 길기 때문에 오히려 도서관에서 그때그때 눈에 띄는 책을 선택한다. 덕분에 광범위한 분야의 독서를 하게 된다. 나도 책에 한창 빠졌을 때에는 거의 매일 퇴근길에 도서관에 들르곤 했다. 무조건 한 분야의 책을 여러 권 골랐다. 만약 독서에 대한 책을 읽고 싶으면 책소개 책, 독서법 관련도서를 골랐다. 고르는 시간도 절약되고, 관련 책을 동시에 읽으면 연관성이 있어 좋았다. 그리고 어느 정도 눈에 익으면 다른 분류의 책장으로 옮긴다. 매번 그런 건 아니고, 가끔 완전히 다른 분류의 책을 섞어서 대출할 때도 있다.

| "인터넷 포털의 서평을 참고하고 선택해요" |

생각보다 많은 사람들이 이 방법으로 책을 선택하고 있었다. 그 책에 대한 사람들의 반응과 생각을 읽을 수 있다는 장점이 있고, 반대로 책에 집중하기보다 오히려 사람들의 의견에 좌지우지될 수 있다는 단점이 있다. 또한, 사람들이 해석해놓은 의견 때문에 나도 모르게 선입견을 가질 수도 있다. 가볍게 책 정보를 보는 목적으로 접근하는 것은 괜찮지만 사람들의 의견에 휘둘리다 보면 역효과가 날 수도 있다.

●○ 함께 읽는 책

모임에서 책 한 권을 선택하여 많은 사람들이 읽는다. 그리고 각자 소화하고 사색한 것을 이야기한다. 발표하고 토론을 하는 과정에서 다양한 해석이 쏟아진다.

박노해 시인의 《그대 그러니 사라지지 마라》라는 책을 선정도서로 한 적이 있다. 시집이므로 발표나 토론보다는 그저 시를 낭송하는 시간이 될 줄 알았는데 그렇지 않았다.

책에 수록된 시 〈아이폰의 뒷면〉에 이런 구절이 나온다.

"정교한 주물과 밀링과 선반 쇠 깎기와 절묘한 합금과 광택과 사출 공정을 거친 거울처럼 매끄러운 아이폰의 뒷면."

아이폰에 접속하면 세계와 통할 수 있다. 그러나 그 안에는 가난한 나라 사람들의 땀과 눈물이 녹아 있다는 걸 책은 말해주고 있었다. 스마트폰을 꺼내 뒷면을 슬그머니 바라보았다.

시집에는 이런 말도 나온다.

"15시간씩 일을 하고도 월급을 고작 50달러 받는 소년 소녀도 있고, 전자파와 유독물질과 방사선을 다루며 병들어 가는 사람도 있다."

우리는 스티브 잡스가 만든 아이폰에 열광하면서도 그 안에 무엇이 담겨 있는가에 대해 깊이 생각해보지 못했다. 시 몇 편을 읽은 이 날은 다른 책을 읽었을 때보다 더 많은 생각을 했다. 어쩌면 사람들이 읽기 모임에 나오는 이유 중 하나는 바로 선정도서를 함께 읽고 토론하는 매력에 빠져서일 것이다. 혼자 하는 독서에서 느끼지 못하는 '책 읽는 묘미'를 여기서 알게 된다. 특히 생각이 확장되어 가는 것을 느낄 수 있다.

혼자 생각하는 게 시냇물을 바라보는 시선이라면, 읽기 모임에서 사람들과 함께 소통하는 시간에는 시냇물이 합쳐진 강물을 보는 시선으로 바뀐다. 더 나아가 발표자가 큰 울림을 주는 순간에는 그야말로 파도치는 탁 트인 바다를 바라보는 시선을 갖게 된다.

●○ 함께 읽을 책은 어떻게 정할 것인가

고민되는 문제다. 각자의 취향과 수준이 모두 다르기 때문이다.

누구는 소설을 좋아하고 누구는 시를 좋아한다. 철학, 역사, 에세이를 좋아하는 사람도 있고, 과학서적에 관심 있는 사람도 있다. 천차만별이기 때문에 어떨 땐 머리에 쥐가 난다. 그래서 가끔은 스테디셀러 위주로 선정하기도 한다.

베스트셀러가 당시 인기를 반영하고 있다면 스테디셀러는 꾸준히 사랑을 받아온 책이다. 그러나 아무리 사람들에게 사랑을 받고 유명한 책이라고 해도 누군가는 감동을 받고, 관심이 없는 누군가는 하품을 한다.

내가 참여하고 있는 읽기 모임에서는 매달 한 번씩 회원들이 추천한 책 중에서 다수가 원하는 책을 선정도서로 하고 있다. 어떤 책은 별로 기대하지 않았는데 참여자들의 열광적인 호응을 받기도 하고, 그렇지 않기도 한다. 박노해 시인의 《그대 그러니 사라지지 마라》는 시집이라 반신반의했는데 나이와 관계없이 좋은 반응과 더불어 풍성한 이야기가 오고갔다.

호응을 얻거나 그렇지 못한 책 모두 의미가 있다. 모임에 잘 맞는 책만 찾을 수는 없다. **실패한 책을 통해 오히려 배우는 점이 많을 수도 있다.** 선정도서는 자신이 잘 모르는 책을 읽어보는 계기가 되어주니 그 또한 좋다. 낯선 책을 볼 기회로 생각하면 많은 것을 얻을 수 있다. 남들이 추천하는 도서가 있으면 적극적으로 읽어보려는 자세가 중요하다. 그 책의 해석에 대해서도 다양한 이야기를 들으며 접근한다면 색다른 만남이 될 수 있다.

나는 에세이를 좋아한다. 한동안 소설을 선정도서로 해서 읽기 모임을 진행한 적이 있다. 소설을 읽어보니 졸린 눈을 비비며 새벽까지 읽는 심정을 알게 되었다. 그래서 소설을 많이 읽은 회원에게 책을 소개해달라고 부탁했다. 그분은 출간된 지 얼마 안 되는 책으로 한국 소설 5권, 외국 소설 5권을 소개해주었다. 나는 10권을 모두 구매하여 두 달간 침대에서 잠들기 전까지 읽었다. 그 뒤로 전보다 소설을 두세 배 더 많이 읽는 버릇이 생겼다.

독서모임에서 내가 잘 모르거나 관심 분야가 아닌 책이 선정도서가 되었다면 더 반겨서 읽어야 한다. 그것만으로도 함께 읽는 책의 묘미를 알 수 있다.

 독서모임 포인트 16 ·····················

혼자 읽는 책은 내 마음대로 선택해서 읽으면 된다. 관심분야의 책이나 재미있을 것 같은 책을 골라서 읽으면 된다. 함께 읽는 책은 각자 소화하고 사색한 것을 모임에서 발표하고 토론하는 과정이 재미있다. 다양한 해석을 받아들이며 서로가 성장할 수 있다.

혼자 생각하는 게 시냇물을 바라보는 시선이라면, 읽기 모임에서 사람들과 함께 나누는 시간에는 시냇물이 합쳐진 강물을 보는 시선으로 바뀐다. 더 나아가 발표자 중 누군가가 큰 울림을 주는 순간에는 파도치는 탁 트인 바다를 바라보는 시선을 갖게 된다.

우리는 독서모임에서 읽기, 쓰기, 책쓰기를 합니다

기록을
남겨라

읽기에 기록이 더해지면 힘이 더 강해진다. 사람들은 반복하는 것에 대해 시간이 흐를수록 무뎌지곤 한다. 읽기 모임에 참여하는 것도 마찬가지다. 매번 즐겁고 활기찰 수만은 없다. 그뿐 아니라 사람들과의 관계에도 변화가 많이 생긴다.

내가 진행하고 있는 삼독모임의 읽기와 쓰기, 책쓰기 중 기본은 '읽기'다. 독서가 탄탄히 뒷받침되면 글감도 풍성해진다.

●○ 흔적을 남겨라

책 몇 권 읽었다고 해서 생각과 삶이 바뀌지 않는다. 혼자 독서를 꾸준히 하기란 독한 마음을 먹지 않으면 어렵다. 어쩌면 읽기 모임을 통해 독서를 하는 게 혼자 책을 읽는 것보다 더 힘들 수도 있다. 매번 모임에 참석해야 하고 책도 읽어야 한다. 발표하거나 토론하려면 준비도 해야 한다. 몇 번은 억지로라도 참석하겠지만 1~2년 이상 지속한다는 건 쉬운 일이 아니다. 그러기에 꾸준한 참석만으로도 대단한 일이다.

'각오도 피로를 느낀다'라는 말이 있다. 결심을 아무리 해도 금방 사그라지는 것은 어쩔 수 없는 일이다. 그러기에 무엇이든 흔적을 남겨야 한다. 그래야 내가 가고 있는 방향과 성과를 눈으로 확인할 수 있다. '그렇다면 어떤 흔적을 남겨야 하는가?'

독서 노트를 작성하는 것도 좋은 방법이다. 나는 무조건 책을 읽으면 번호를 부여해 독서 노트를 적는다. 처음 책을 읽기 시작한 3년간은 독서 노트를 적지 않았다. 눈에 보이는 성과물이 없어 독서모임 중간에 방황하기도 했다. 오죽하면 그간 흔적을 남기지 못한 기록이 첫 번째 책《하루 25쪽 독서습관》이란 생각이 들기도 한다. 기록하지 않은 기간에는 독서도 들쭉날쭉했다. 모래성을 쌓는 느낌이었다. 각오만 대단하면 모든 것을 헤쳐 나갈 수 있을 것 같았지만 그건 틀린 말이었다. 게리 켈러와 제이 파파산의《원씽》을 보면, 무엇을 이루기 위해서는 처음 시작하는 단 하나를 찾는 것이 중요하다고 한다.

'도미노 게임은 첫 번째 도미노를 쓰러뜨려야만 연속해서 다른 도미노도 넘어진다. 첫 번째 도미노를 찾고 쓰러뜨리는 것이 중요하다. 그러면 그 힘으로 다른 도미노들도 연속해서 쓰러뜨릴 수 있다.'

우리는 독서모임에서 읽기, 쓰기, 책쓰기를 합니다

읽기 모임에서 나에게 첫 도미노는 기록, 즉 흔적을 남기는 것이었다. '독서 노트를 적용해보자.' 일단 모임에 참여하기 전에 읽은 책마다 번호를 부여하고 독서 노트를 기록해나가는 것이 중요하다. 독서 노트에 숫자가 늘어나는 것만으로 힘이 될 때가 있다. 특히 한 권의 노트가 채워지고, 새로운 독서 노트를 만들며 차곡차곡 쌓이는 즐거움도 빼놓을 수 없다.

내 경험으로는 한 권의 독서 노트를 꽉 채우고 두 번째 독서 노트를 만들 때 무언가 해냈다는 성취감이 들었다. 그동안 모임을 통해 책을 읽은 기록을 눈으로 확인할 때마다 힘이 났다. 각오만 열심히 하는 것보다 훨씬 도움이 된다.

블로그 운영도 좋다. 사람들에게 읽기 모임을 홍보하기 위해 2년 동안 꾸준히 매주 블로그에 후기를 올렸다. 글을 보고 많은 사람들이 문의를 해오고 참여하고 있다. 이제는 의무감을 갖고 글을 올리고 있다. 모임 후기를 올리며 책 소개도 함께해 보니 블로그를 하는 것도 꽤 의미 있는 작업이었다. 다시 생각을 곱씹는 효과도 있고, 모임에서 사람들과 소통하는 것과는 또 다른 느낌이 들었다. 감상과 서평을 적는 것도 그 나름 쌓이면 기록이 된다.

●○ 책, 100개의 기록

읽기 모임에 2년 정도 참여하는 것만으로도 분명히 성장할 수 있다. 사람들과 함께 책을 읽는 작업은 살아있는 공부다. 참여만으로는 그 시간이 아쉬울 수 있으니, 다른 건 몰라도 모임 참여와 더불어 딱 하나만 한다면 이것을 했으면 한다.

'책, 100개의 기록.'

독서모임에 참여할 때마다 읽은 책에 번호를 부여해서 100개의 기록으로 남겨보는 것이다. 100이란 숫자는 상징적이다. 셋째 자리 숫자를 만든다는 건 일상에서 그리 쉽게 할 수 있는 일이 아니다. 특히 읽기 모임에서 얻는 성과라면 혼자 책을 읽는 것과 차원이 다르다. 일단, 번호 하나하나가 늘어갈수록 재미도 생기고 목표에 어느 정도 다가왔는지도 알 수 있다. 책 읽은 것을 적어도 좋고, 모임에서 느꼈던 것을 보충해 써도 좋다.

읽기 모임에서 대부분의 회원들은 일주일에 한 권 정도 읽는다. 더 많이 읽는 사람도 있고 적게 읽는 사람도 있다. 평균적으로 모임에 참여하려는 습관이 책 한 권을 읽게 만들어준다.

여하튼 부여하는 숫자는 내가 읽은 책이 될 수도 있고, 독서모임에서 누군가가 소개한 책에 대한 기록일 수도 있고, 회원들에게서 배운 울림을 적은 것일 수도 있다. 기왕이면 다양한 방법으로 변화를 주며 기록하는 게 좋다. 나는 독서 노트 숫자가 100을 채우면 별도로 정리해 책처럼 묶어 놓았다. 가끔 몇 년 전에 기록해둔 것을 보면 책 내용이 떠오른다.

읽기 모임에 꾸준히 참여하고 성장하기 위해서는 기록이든 메모든 흔적을 남겨야 한다. 그것을 정리하고 모아서 보관하는 재미도 있지만, 그 행위 자체가 참여에 도움이 된다. 읽기 모임 참여가 독서습관을 만들어준다면, 기록하는 일은 독서모임 과정 중 성과를 확인하면서 꾸준히 참여할 수 있도록 동기부여를 해준다.

흔적은 절대 없어지지 않는다. 기록하는 일은 모임을 통한 배움과 깨우침을 뇌에 저장하는 것과 별도로 눈으로 확인할 수 있는 작업이다. '참여와 기록.' 이 두 가지는 선순환 역할을 하는 읽기 모임의 핵심이다. 각오와 결심도 좋지만 긴 시간을 함께하려면 기록하는 것이 더 좋다. 한 줄도 좋고, 한 장도 좋고, 더 많이 기록해도 좋다.

 독서모임 포인트 17 ·········

'각오도 피로를 느낀다' 라는 말이 있다. 결심을 아무리 해도 점차 무뎌지는 건 당연한 일이다. 내가 가고 있는 방향과 성과를 눈으로 확인할 수 있으려면 기록을 해야 한다. 독서 노트도 좋다. 읽은 책마다 번호를 부여해가며 쌓여가는 흔적을 바라보는 즐거움도 상당하다. 100번까지 기록해보자. 블로그에 기록하는 것도 좋은 방법이다. '참여와 기록.' 이 두 가지는 선순환 역할을 해주는 읽기 모임의 핵심이다.

셀프리더
모임
풍경

"좋은 출판사와 계약했어요."
"와! 대단하세요. 독서 노트 작성하신 내공이 결실을 보았네요."
읽기 모임에 처음 참여할 때 정성스럽게 쓴 노트를 펼치고 발표
하신 분이다. 다른 사람들은 책을 들고 가끔 표시한 곳을 넘기며
이야기하는데, 유독 선생님만은 노트를 보며 이야기하셨다. 일
반적인 메모가 아니라 책을 읽고 난 뒤 감상이나 서평, 또는 좋은
문장을 옮겨 적은 '독서 노트'였다.

●○ 천 권의 독서 노트를 쓰다

책을 읽으며 좋은 글귀를 적다 보니 습관이 되었다고 했다. 읽고
적기를 반복하니 독서 노트가 한 권 한 권 쌓여 갔다. 노트가 늘
어가는 재미도 있었고, 그 반복된 행동으로 천 권의 책을 기록했
다. 이젠, 책을 읽고 독서 노트를 작성하지 않으면 이상할 정도

우리는 독서모임에서 읽기, 쓰기, 책쓰기를 합니다

라고 한다. 전에는 일일이 손으로 적었는데, 지금은 시간이 오래 걸려 워드작업으로 하는 차이를 빼고는 달라진 게 없다. 책을 읽으면 자연스럽게 독서 노트를 작성한다.

한번은 집으로 초대를 해주어서 독서 노트들을 볼 기회가 있었다. 독서 노트는 거실 벽 큰 책장 한 곳을 가득 채우고 있었다. 대충 봐도 20권이 훌쩍 넘었다. 나는 책쓰기를 권해드렸다.

"이 정도 분량이면 책도 몇 권 쓰실 수 있겠네요."

그런데 놀랍게도 몇 달 지나지 않아 원고를 완성하고, 출판사와 계약을 했다. 그리고《더불어 읽기》라는 책을 출간했다. 선생님은 자신이 책을 쓸 수 있다는 게 신기하고, 놀랍게도 책을 쓰는 작업이 독서 노트를 작성하는 것처럼 어렵지 않았다고 했다.

'양질전화(量質轉化)의 법칙'이란 게 있다. 양이 증가하면 질의 변화도 가져온다는 말이다. 엄청난 독서 노트가 쌓여 책쓰기도 가능해진 것이다. 나는 눈앞에서 양질전화의 법칙을 경험했다. 그 뒤 읽기 모임에서 독서 노트를 작성하기 시작했다. 직접 눈으로 확인하지 않았다면 아무리 좋다고 해도 몰랐을지도 모른다.

●○ 우울증 치유의 공간이 되다

- "커피숍 입구에 있어요."

- "들어오세요."

- "막상 들어가려니 부담스럽네요."

건강 때문에 잠시 휴직중이라고 했다. 몸이 힘들면 마음도 지친다. 건강할 때는 아무 것도 아니었던 일이 아프니 감당하기 어려웠다. 건강을 회복하기 위해 운동도 해보고 여행도 다녀보았다. 그러나 가벼운 우울증은 없어지지 않았다. 인터넷을 통해 독서모임을 알게 되고 용기를 내서 나왔다. 그러나 선뜻 카페 문을 열고 들어오기가 힘들었다. 그러다 참여횟수가 늘어가면서 조금씩 사람들 사이에서 활력을 얻었다. 처음에는 책을 읽는 것도, 여러 사람 앞에서 발표하고 토론하는 것도 힘들었다. 모임에 참여하면서 독서습관이 생겼다. 책을 통해 힘들었던 마음이 편해지고, 사람들과 소통하고 모임에 참여하는 일이 익숙해졌다.
매주 참여할수록 책 읽는 재미가 생기고 마음도 평온해져 갔다. 1년이 지나자 그에게 변화가 생겼다. 지금은 회사에 다시 출근하면서 읽기 모임에 나온다. 그에게 이 공간은 일상의 피로함을 떨치고 자신감을 충전하는 곳이다. 책을 통해서, 또 사람들과의 소통을 통해서 좋은 에너지를 얻고 우울증도 사라졌다. 많이 아팠던 그가 모임에 참여하는 사람들을 배려하고 도와준다. 모임 진행을 도와주기도 한다. 몸이 아플 때 다른 사람에게 좋은 영향을 받은 만큼 이제는 자신이 사람들에게 많이 베풀고 있다.
읽기 모임은 위로와 여유를 선사해주는 삶의 충전소이다.

우리는 독서모임에서 읽기, 쓰기, 책쓰기를 합니다

•◦ 2살 아기를 업고 나오다

읽기 모임에서 회원들 간의 나이 차이가 가장 많은 날이었다. 50대 회원에서 2살 아기까지. (만삭인 산모가 아기를 낳기 2주 전까지 참여한 적도 있다) 생각지도 못한 일이 벌어졌다. 어린아이는 엄마 품에 안겨 나왔다. 책을 좋아하는 그녀의 마음은 충분히 알겠다. 2살 아기를 업고 참여한 열정을 보며 많은 생각을 했다. 아이를 키우는 것만으로도 벅찰 텐데, 모임에 나오고 싶은 마음 또한 얼마나 간절했을 것인가. 보통 사람도 모임에 나오는 게 쉬운 일이 아닌데 아이를 업고 나왔다. 본받고 싶은 모습이었다.

육아와 독서를 병행하는 게 얼마나 어려운 일인가. 밤새 아이가 칭얼거리면 다음 날까지 피로가 쌓인다. 아이가 잠들 때 같이 쉬어야 하지만 집안 살림도 챙겨야 하는 주부로서 몸이 열 개라도 모자랄 것이다. 그런 여건에서 아이를 데리고 모임에 나온 것만으로도 함께하는 사람들에게 많은 영향을 주었다.

아이 엄마가 두 달 정도 참석하는 걸 보며 '엄마 독서모임'을 꼭 만들어보고 싶어졌다. 셀프리더 모임은 직장인이 대부분이어서 저녁 시간을 이용한다. 주부나 육아를 하는 분들은 아마도 오전 시간이 활동하기 좋을 것이다. 어머니들이 둘러앉아 책 이야기를 하는 모습을 상상하기만 해도 기분이 좋아진다.

엄마와 아이가 자연스럽게 책에 노출되고, 책 읽는 소리도 들을

121

수 있다면 이런 교육이야말로 진정한 교육이라는 생각이 든다. 함께 책도 읽고, 육아 정보도 나누고, 서로 위로하는 읽기 모임. 멋지다. 시간을 내서 빨리 모임을 만들어볼 생각이다. 직장에 매여 있어 함께 진행하기는 쉽지 않지만 될 수 있는 대로 자체적으로 모임을 이끌어갈 때까지 도와주면 가능하리라 믿는다.

아이를 키우며 종이책을 보기 어려워 전자책으로 독서를 한다는 말도 들었다. 어느 여건에서도 책을 읽을 수 있다는 걸 새삼 깨닫게 된다.

●○ 1년간 경청만 하다

읽기 모임을 하는 중에 수시로 휴대폰이 울린다. 자동차 정비 관련 일을 하는 분인데 휴대폰을 두 개씩 가지고 다닌다. 아침부터 저녁까지 사고 난 차를 견인하고 수리한다. 거래처와 사람들에게서 언제 전화가 걸려올지 모르니 항시 대기중이다. 책 읽는 시간을 내기가 여의치 않아 보였다. 그런 그가 모임에 꾸준히 참석하면서 사람들 발표내용만 경청했다. 1년 넘게 계속 사람들 이야기를 듣기만 했다. 처음에는 그 모습이 이상했지만 시간이 흐르며 알게 되었다. 그는 독서를 하는 것도 중요하지만 다른 사람들의 이야기를 잘 듣는 것도 공부가 된다는 걸 깨우쳐 주었다. 모임에 나와 발표하지 않으면서 1년 이상 계속 경청만 한다는 건 쉬운 일이 아니다. 책을 읽지 못해도 모임에 꾸준히 참여한다면 배우는 게 반드시 있다는 걸 그가 몸소 보여주었다.

읽기 모임은 책을 읽고 나서 경험과 사유를 나누는 곳이다. 하지만 여건이 되지 않을 때, 꼭 틀에 맞추어서 모임에 참여할 필요는 없다. 울림은 책에서만 나오는 게 아니다. 사람과 사람 사이의 소통에서도 온다. 1년에 발표를 한두 번 하는 분, 나머지 긴 시간을 경청만 하던 그의 모습을 보며 나 또한 잘 듣기 위해 자세를 고쳐 잡게 된다.

 독서모임 포인트 18 ···

천 권의 독서 노트를 쓴 회원은 출판사와 계약하고 첫 책을 냈고, 몸과 마음이 힘들어 휴직중이던 직장인은 독서모임을 통해 활력을 얻고 힘차게 직장으로 복귀했다. 두 살 아기를 업고 나온 엄마도 있고, 자동차 수리와 견인 업무를 하는 한 회원은 1년 내내 모임에 나와서 경청만 하기도 했다. 읽기 모임은 서로서로에게 위로와 여유를 선사해주는 삶의 충전소이다.

게으름에 대한
변명

가끔 집사람에게 게으르다는 소리를 듣는다. 사실 나는 좀 게으른 편
이다. 생각은 많지만 행동이 즉시 뒤따르지 않고 둔하고 서툴기 때문
일 것이다. 게으름이 오래되다 보니 성격으로 굳어졌다. 그런 삶에서
탈피하고 싶었다. 무엇보다 이를 위해 삶의 패턴을 바꾸지 않으면 안
된다고 생각했다. 지속적으로 뭔가 해야 할 일을 찾았다. 게으른 쪽
으로 머리가 돌아갔다. 그 방법으로 선택한 것이 책읽기였다.
다독은 아니지만 평소 책을 가까이 했다. 아마 알고 싶은 욕구가 내
면에 자리하고 있었는지도 모를 일이다. 삶에 있어 다행으로 생각하
는 것 중 하나다. 처음엔 읽기만 했다. 쓰는 것 자체가 귀찮았다. 글
을 써서 먹고 살 것도 아닌데, 하며 메모의 가치를 소홀히 생각했다.
하지만 문제는 망각이었다. 읽고 나서 조금만 지나도 읽은 내용이 잘
떠오르지 않았다. 감상문을 쓰려면 많은 시간이 필요했기에 게으른
내게는 어울리지 않았다. 그래서 편하게 읽으면서 새롭거나 몰랐던
사실이 있으면 작은 수첩에다 기록을 했다. 읽은 후에 메모한 내용을
보니 책의 전체적인 가닥이 잡혔다. 그것이 메모를 하게 된 동기였

다. 그러다 좀 더 시간을 할애해 정리하여 보관했다.

세상에 가장 무서운 사람이 책 한 권만 읽은 사람이란 말이 있다. 그 의미를 확장하면, 읽는 책에 대해 자기 생각에만 빠져 있는 사람 또한 크게 다를 바 없다는 생각이 들었다. 혼자서 책을 읽는 것 자체가 나쁘지는 않았지만 내 생각에만 빠져있을 수도 있는 일이었다. 게으른 성격상 꾸준함도 떨어질 수밖에 없었다. 독서모임을 찾게 된 건 현명한 선택이었다.

일주일에 한 번 있는 독서모임은 내게 아주 적절한 시간이요 분량이다. 약간의 부담도 있지만 나는 그 부담 자체를 즐긴다. 게으른 성격상 부담이 없다면 오히려 나태해져 포기하게 될지도 모른다. 또한 사람들이 있다. 다양한 직업에 연령대도 차이가 있어 대화를 나누다 보면 흥미와 관점이 매우 다르다는 사실에 신선한 느낌을 받기도 한다. 그러나 무엇보다도 좋은 것은 책읽기가 온전하게 나의 삶 속에 하나의 패턴으로 자리를 잡았다는 것이다.

요즘은 집사람에게 "금요일만 되면 사람이 달라진다"는 소리를 듣는다. 최소한 금요일 하루는 달라져 보인다고 하니 분명히 변화가 있기는 있는 모양이다. 나도 책 읽는 일만큼은 전보다 체계적으로 규칙적으로 변했다는 것을 알고 있다. 이런 변화가 생활의 다른 부분에까지 다다르려면 더 많은 시간이 필요할 거라고 생각한다. 아마 그때가 되면 최소 게으른 사람이란 꼬리표는 떨어지지 않을까 생각해본다.

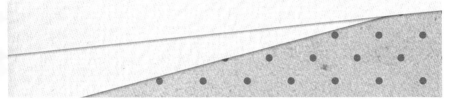

책을 통해
나의 인생이 달라졌다

태어나서 처음으로 독서모임에 나갔다. 책을 읽고 블로그에 가끔 감상평이나 쓰고 있던 나였는데, 우연히 삼독님이 나의 블로그에 방문하면서 인연이 시작되었다.

셀프리더 독서모임은 뭔가 달랐다. 모임에 무조건 나와야 하는 것도 아니었고, 책을 꼭 읽어야 하는 것도 아니었다. 나오고 싶을 때 나와서 듣기만 해도 되었다. 다만 한 가지 추천하는 것은 책을 읽고 그 내용을 정리해서 가져오는 것이었다. 처음에는 그냥 나가다가 회원분들의 열정이 프린터를 사게 만들었고 나도 내용을 정리하기 시작했다. 이른바 독서 노트를 쓰게 되었다. 책을 읽고 나면 나중에 무슨 내용인지 기억이 나지 않는데 독서 노트를 쓰면 다시 찾아볼 수 있다. 물론 시간이 제법 걸려 책을 덜 읽게 되지만 남는 게 더 많다. 말이 나온 김에 셀프리더 모임에서 발표한 내용으로 마무리하기로 한다.

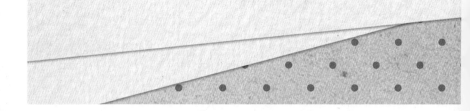

혜민 스님의 《멈추면 비로소 보이는 것들》을 읽고

현재 나는 멈춘 상태다. 10년 동안 다니던 회사를 그만두었다. 회사에서 하던 일은 정비였다. 문제해결을 위해 생각을 해야 하는데 언제부터인가 머릿속이 백지 상태가 되었다. 그때 이것이 심각한 문제라는 것을 깨달아야 했는데… 잃은 것이 너무 커 보이지만 얻은 것도 있었으니 당분간 자유인으로 지낼 때 유용하게 쓰일 화폐와, 말로만 듣던 1만 시간의 법칙도 경험했다.

이렇게 쓰고 보니 바보가 되어가고 있어 퇴사를 한 것처럼 보이는데 실제로는 내가 도망친 것이다. 몸이 힘든 건 견딜 수 있지만 정신이 힘든 것은 견딜 수 없었기 때문이다.

멈추고 나서 나는 제주도로 향했다. 올레길을 걸으며 육지에서는 볼 수 없었던 것들을 많이 만났다. 에메랄드 빛 바다, 끝이 안 보이는 감귤 과수원, 무로 뒤덮인 밭, 신기한 오름들, 해녀들의 숨비소리, 웬만해선 놀라지 않는 나를 거의 매일 놀라게 한 꿩 등등.

이어서 나는 전국의 유명한 산을 비롯하여 문화재나 천연기념물도 찾아다녔다. 각 지역을 돌아다니다 보니 지역별로 다른 것들이 보이기 시작했다. 음식문화도 달랐고 말투도 달랐고 가로수도 다 달랐다. 도시가 아닐수록 인심이 더 좋고 차도 많이 없고 사람 사는 냄새가 났다. 다른 목표도 있었는데 1년에 책 100권 읽기였다. 처음엔 잘 안 됐다. 도서관의 중요성도 몰랐다. 하지만 독서모임을 통해 많은 도움

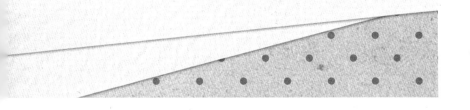

을 받았다. 이때 만난 야생화 책 한 권으로 나는 주위를 둘러보는 여유가 생겼고, 정상만을 향해 가던 것에서 벗어나 꽃도 보는 낭만을 장착했다.

이 모든 것이 '멈췄기에' 가능한 일이었다. 앞만 보고 달려갈 때는 보이지 않던 것들이 내 눈에 보이기 시작했다. 지금의 나를 부러워하는 사람들이 많다. 백수를 부러워하는 세상이라니, 이건 뭔가 잘못되었다. 자본주의 사회에서 산으로 들어가지 않는 이상 내가 계속 백수로는 살 수는 없는 노릇이다. 앞으로의 인생은 어떻게 될지 모르지만 이 소중한 경험을 바탕으로 더 많은 것을 보며 살았으면 한다.

또 하나의 시작,
또 하나의 설렘, 셀프리더!

나를 설레게 하는 것 중 하나가 독서모임이다. 독서모임은 지치고 힘든 마음에 활력을 불어넣어준다. 모임에 가기 전부터 마음이 설렌다. 마치 첫 데이트를 하는 것 같은 설렘.

내가 독서모임을 시작한 것은 2012년이다. 40여 년 동안 살면서 난 독서모임을 한 번도 해본 적이 없었다. 그냥 혼자 심심할 때 가끔 책을 읽으면서 지냈다. 2012년 어느 여름날이었다. 이지성, 정회일의 《독서천재가 된 홍대리》를 읽고, 독서모임에 나가야겠다는 생각을 했다. 아무도 모르는 새로운 모임에 첫발을 디딘다는 것은 잔잔한 떨림이자 두려움이었다. 그러나 독서모임은 그 어느 곳보다 따뜻하고 자유로웠다. 남 앞에서 얘기하는 것에 대한 많은 부담이 있었지만 평상시 쓰던 독서록을 바탕으로 내 마음에 와 닿은 문장, 내 생각, 내 마음을 이야기했다.

처음 모임에서는 내 차례가 돌아올 때까지 어떻게 얘기해야 하나 고민하느라 다른 사람 얘기를 진지하게 듣지 못했다. 그러나 꾸준히 모임을 하다 보니 이야기하는 것에 대한 부담감에서 벗어나게 되고, 다

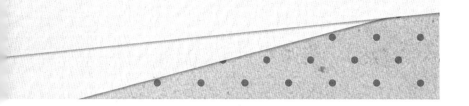

른 사람의 이야기에 귀 기울일 수 있는 여유가 생기기 시작했다.

한 주 동안 일과 사람과의 관계에서 몸과 마음은 지칠 대로 지쳐 있었지만, 독서모임에 갈 생각을 하면 마음이 설레었다. 모임에서 새로운 책을 소개받았을 때의 신선함, 같은 책을 읽고 다른 마음을 나눌 때의 새로움, 또 같은 책을 읽고 같은 문장에 공감할 때의 신기함은 내가 계속 독서모임에 나가게 만드는 힘이 되었다.

꾸준히 독서모임을 하면서 책 읽는 양이 늘어났고, 책 읽는 범위와 깊이도 달라졌다. 독서모임에는 독서를 처음 시작하는 사람부터 1년에 365권을 읽어내는 사람, 20대에서 50~60대까지, 연령대와 직업도 다양하다. 처음에는 '아, 사람이 어떻게 하루에 한 권씩 책을 읽지? 불가능한 거 아냐?'라고 생각했었다. 내가 스스로 불가능하다는 인식의 틀 속에 갇혀 있었던 것이다. 그러나 독서모임에서 1년에 365권을 읽는 사람들을 보면서 나는 나의 틀을 깰 수 있었고, 인간의 무한한 가능성에 대한 믿음을 갖게 되었다. 그러면서 나도 1년 365권 읽기에 도전했다. 비록 239권을 읽었지만 그래도 난 나 스스로를 칭찬했다. "1년에 239권의 책을 읽고, 239개의 독서 기록을 남긴 것은 참 대단한 것이야. 참 잘했어"라고.

책 읽는 양이 늘어날수록 내 생각의 힘도 강해진다는 것을 느낄 수 있었다. 한 권의 책을 읽으면 뇌 속에 하나의 흔적이 남고 열 권의 책을 읽으면 열 개의 흔적이 남는다. 수백 권의 책을 읽으면 뇌에 수백

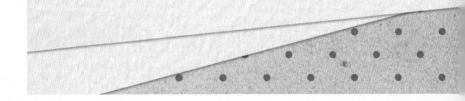

개의 흔적이 남고, 나도 모르게 일상 속에서 그 흔적을 끄집어내어 사용하게 된다. 내 생각의 바탕이 되는 것은 책의 흔적이다. 책과 책은 씨실과 날실처럼 서로 얽혀서 새로운 그 무엇을 만들어낸다. 내 삶도 서서히 바뀌었다. 나는 가만히 있고 싶어도 세상이 나를 불러낸다. 세상의 부름에 응답하면서 내 삶이 점점 바빠지고, 책 읽는 즐거움을 느낄 수 있는 절대적인 시간은 줄어들었지만 독서모임을 하기 전에는 상상하지 못했던 일들이 자꾸자꾸 내 삶 앞에 펼쳐진다. 독서의 힘으로 제주도까지 가서 여러 사람들과 책 나눔도 할 수 있었다.

독서모임은 나를 좀 더 넓은 세상으로 이끌어내주었고, 그로 인해 또 하나의 다른 삶을 시작하는 계기가 되었다. 혼자 책을 읽으면 나 자신의 의식 수준을 깨뜨리고 넘어서기가 힘들다. 다른 사람과 더불어 책을 읽다 보면 내 생각의 틀에서 벗어날 수 있다. 또 내 삶을 응원하고 지지해주는 사람들이 옆에 있기에 더 열정적으로, 더 편안하게, 더 여유 있게 삶을 살아낼 힘을 얻게 된다.

내 옆에 누가 있느냐는 매우 중요하다. 영화를 좋아하는 사람이 옆에 있으면 영화에 대해 더 많이 알게 되고, 술을 좋아하는 사람이 옆에 있으면 주량이 늘어날 것이다. 독서를 즐기는 사람이 옆에 있으면 삶은 독서로 풍요롭게 빛날 것이다.

3장,

2단계 : 쓰기 모임

.
.
.
.

....

쓰기,
완벽하지 않아
더 즐겁다

처음 쓰기 모임에서 글을 쓸 때 두 가지 마음이 교차했다. 쑥스러기도 하고 다른 한편으로는 다른 사람들은 어떻게 글을 쓰는지 궁금하기도 했다.

쓰기는 다양한 방법으로 할 수 있다. 모임에서 주제를 정하고 그 자리에서 즉흥적으로 쓸 수도 있고, 다음 모임까지 시간을 두고 여유 있게 생각하며 쓸 수도 있다. 꼭 주제가 없어도 책을 읽고 감상을 쓰거나 영화를 보고 감상을 써도 좋다.

●○ 완벽하지 않기에 더 재미있는 글쓰기

지금 내가 진행하고 있는 쓰기 모임에서 주안점을 두는 부분은 '글쓰기 부담에서 벗어나는 것'이다. 잘 쓰려는 욕심에서 벗어나는 것, 문장을 아름답게 쓰려는 강박관념에서 벗어나는 것, 특히 주위 시선을 의식하는 마음에서 벗어나는 것.

우리 쓰기 모임에서는 빙판길을 미끄러져 나가는 스케이팅을 하는 것처럼 글을 쓰는 시간이 있다. 일명 손이 가는 대로 빠르게 써보는 '프리라이팅'이다. 알게 모르게 우리는 쓰는 것을 힘들어한다. 잘 써야 한다는 생각 때문이다. 이런 사고에서 벗어나려면 모임에서 마음 가는 대로 직접 써보는 연습이 필요하다. 함께 글을 쓰면서 이런 거추장스러운 것들에서 벗어나 그저 써보는 연습을 한다. 완전하게 쓰려 하지 않기에 더 즐거워지는 글쓰기. 부담 없는 글을 쓰다 보면 모임에서 웃긴 일도 자주 생긴다. 빠르게 쓴 자신의 글을 알아보지 못하는 것이다. 머리보다 손이 빠르게 쓰다 보니 결말이 없을 때도 있다. 주제를 벗어나 다른 내용으로 마치기도 한다. 그런데 말도 안 되는 글인데 오히려 박수를 더 받는 경우가 있다. 거침없이 투박한 글이지만, 진실함이 묻어 있을수록 박수 소리가 커진다.

듣는 입장에서도 아름다운 글을 기대하지 않는다. 잘 쓴 글에 집착하지도 않는다. 문장이 좋은지 보다는 글을 쓰고 듣는 것 자체에 의미를 둔다. **글을 분석하고 평가하지 않는다.** 일반적인 글쓰기와 기준점이 다른 것이다. 쓰기 모임에선 이런 자유분방한 글쓰기와 그저 글을 써보는 것에 만족하는 분위기를 조성한다. 참여 횟수가 늘어나며 자신이 쓴 글을 자주 발표하다 보면 주위 사람에게 창피하거나 부끄러워하는 생각이 없어진다.

가끔, 더 잘 꾸며서 쓰려는 사람이 있다. 그런 사람은 오래가지 못한다. 잘 쓰려고 할수록 주위 사람을 의식하게 되고, 남에게 잘 보이는 글을 쓰려 애쓰다 보면 결국, 쓰기에서 느껴야 하는 자유로움과 즐거움을 만날 수 없다. 잘 써야 한다는 고정관념에서 벗어나려 한 글쓰기가 고난으로 바뀌는 순간이다.

글을 잘 쓰는 사람도 마찬가지다. 글을 매번 잘 쓸 수는 없다. 타인과 비교하거나 지난번 모임의 자신과 비교하는 글쓰기가 되어 버리면 대부분 쓰기 모임을 도중에 포기하게 된다. 쓰기는 다른 사람을 위해서 하는 것이 아니다. 나를 향해 써야 한다.

●○ 글쓰기 시간을 제한한다

여러 사람이 모여 글쓰기를 하면 자신의 글에 대해 상대로부터 또 자신으로부터 억압받은 것이 금방 표시가 난다. 그래서 나는 쓰기 모임을 기획할 때 시간제한을 두었다. 시간을 짧게 주면 오래 생각하고 고민하며 글을 쓰려는 습관을 미리 차단하는 효과가 있다. 이렇게 하면 더욱 얽매임에서 벗어날 수 있다. 글을 쓰는 시간이 짧아 생각할 시간이 부족한데 그 시간 동안 잘 쓸 수가 없다. 이때부터 잘 쓰려는 것을 포기한다. 오히려 될 대로 대라 멋대로 쓰게 된다. 어떤 날은 쓰는 것 자체가 귀찮은 날이 있다. 이때 포기를 배워보는 것도 나쁘지 않다. 이렇게 여럿이 함께 자유롭게 쓰다 보면 완벽과 완성에 집착하지 않게 된다. 오히려 불완전하게 쓰는 것이 더 완전한 글쓰기가 될 수 있다.

쓰기 모임은 그래서 읽기 모임과 약간의 차이가 있다. 바라보는 시선도 책보다 나 자신에게 더 집중하게 된다. 내 경험을 쓰게 되고, 책을 인용해도 나의 주관적인 생각을 쓴다. 그래서 쓰기 모임은 읽기 모임을 어느 정도 참여하고 나서 다음 단계로 접근하는 게 좋다. 책에서 한 간접경험과 모임 안에서 함께 발표하고 토론하며 소통한 것이 쓰기를 할 때 풍성한 글 재료가 되어준다. 보통, 읽기 모임에 1~2년 이상 참석한 후 쓰기 모임에 나오는 사람들은 한결 여유가 있다. 읽기와 쓰기 모임을 동시에 참여하는 사람도 있다. 그 사람들은 각기 특성과 장점을 혼합해 경험하기 때문에 그것도 쓰는 데 도움이 된다.

●○ 온전히 나를 만나는 시간

쓰기 모임은 여러 가지 형태로 만들 수 있고, 읽기와 책쓰기에도 응용할 수 있다. 예를 들어 읽기 모임에서 발표할 자료를 글로 작성해 간다면 쓰기 효과를 볼 수 있다. 하지만 쓰기 모임만의 특징은 내 안을 온전하게 들여다볼 수 있는 시간을 갖는 것이다. 일상에서 나만의 시간을 가져보기는 쉽지 않다. 모임에서 함께 글을 쓸 때는 혼자 글을 쓸 때보다 나 자신에게 온전히 집중하는 효과가 높다.

우리 쓰기 모임에는 '15분 글쓰기' 시간이 있다. 스톱워치를 15분에 맞추고 쓰기 시작한다. 글쓰기가 시작되면 누구나 할 것 없이 쓰기에 몰입한다. 온전히 나를 향한 시간이다. 이것이 쓰기 모임의 특징이고 장점이다.

함께 쓰기를 하면 사람들과의 친밀감이 늘어난다. 글에 솔직함이 담길수록 듣는 사람의 공감을 끌어낸다. 모임에서 내 생각과 경험을 쓰다 보면 오히려 나 자신을 더 잘 알게 된다.

글에는 그 사람의 영혼이 담긴다는 말이 있다. 아무리 꾸며 쓰려 해도 글을 통해 나에 관한 진실이 묻어나올 수밖에 없다. 가끔 자기 글을 읽으며 감정에 북받쳐 울컥하는 경우도 있다. 그만큼 쓰기는 자신의 내면에 귀 기울이는 시간을 제공해준다.

"모임 시간에 쓰기를 하면 어떤 점이 좋은가?"

이 질문에 제일 많이 나오는 대답은 바로 이것이다.

"나 자신에게 온전히 집중하게 된다."

쓰기를 하지 않았다면 알지 못했을 것이다. 스마트폰뿐 아니라 이런저런 문명기기에 온통 정신을 빼앗기는 시대다. 언제 나를 향해 나만을 들여다보는 내밀한 시간을 가져보았는가?

쓰기 모임에서는 글쓰기 실력이 느는 것보다 나를 발견하는 것이 더 중요하다.

'나를 향해 떠나는 여행.'

'나를 알아가는 여행.'

'나를 사랑하는 법을 찾는 여행.'

쓰기 모임의 한 회원은 여행을 떠날 때 '15분 글쓰기'를 응용해서 자신과 대화를 한다고 한다. 여행을 떠나기 전이나 출발할 때 미리 노트 한 페이지에 떠오르는 단어나 짧은 문장을 적어놓는다. 그리고 여행 중 영감이 생길 때 단어가 적힌 노트를 펼쳐 순간순간 쓰는 것이다. '15분 글쓰기'를 하는 것처럼 자유롭게 써보는 것이다. 쓰기를 통해 자신의 내면을 만나면서 생각이 더 깊어지는 것을 느꼈다고 한다.

글을 쓴다는 것은 여러 가지 의미를 갖고 있지만, 나 자신과 마주 앉아 이야기하는 것, 그 과정을 통해 나를 알아가는 것, 이것이 제일 크다는 생각을 해본다.

 독서모임 포인트 19 ·······························

글쓰기 부담에서 벗어나려면 잘 쓰려는 욕심에서 벗어나고, 문장을 아름답게 쓰려는 강박관념에서 벗어나고, 특히 주위 시선을 의식하는 마음에서 벗어나야 한다. 완전하게 쓰려 하지 않으면 글쓰기가 더 즐거워질 수 있다. 일반적인 글쓰기와 다르게 쓰기 모임에서는 불완전하지만 자유롭게 글을 써보는 것에 만족한다. 쓰기 모임은 그래서 읽기 모임과 약간의 차이가 있다. 바라보는 시선도 책보다 나 자신에게 더 집중하게 된다.

15분
글쓰기

"딱 15분입니다."

진행자가 한마디 더 한다.

"15분이 지나면 1초의 지연도 없이 글쓰기를 마칩니다."

서로 인사를 하고 잡담을 하며 와자지껄하던 분위기는 한순간에 사라졌다. 열 명 정도 되는 사람들의 숨소리도 들리지 않는다. 탁자 위에 펼친 노트, 그 위에 펜을 잡은 손이 분주히 무언가를 찾아 달려간다. 속기사처럼 빠르게 써 내려가는 사람, 글을 쓰다 두 줄로 쓱쓱 지우는 사람, 머리에 펜을 대고 골똘히 생각하는 사람. 글을 쓰는 15분 내내 정적을 방해하는 것은 종이 위에 흔적을 남기고 지나가는 펜의 발소리뿐이다. 스마트폰에서 어김없이 15분이 지났음을 알리는 알람 소리가 들린다.

"그만하겠습니다."

쓰기 모임에 참석한 지 얼마 안 되는 사람들은 여기저기서 아쉬움 섞인 짧은 한숨을 토해낸다. 반대로 오래된 회원들은 15분이 되기도 전에 글을 마무리했는지 차를 마시며 여유를 부린다. 현재 참여하고 있는 쓰기 모임의 '15분 글쓰기' 풍경이다.

처음 쓰기 모임을 만들고 서로 손뼉을 치는 순간, 그해 첫눈이 내렸다. 그래서 '첫눈 쓰기 모임'이라는 이름이 자연스럽게 정해졌다. 매주 월요일에 있는 첫눈 쓰기 모임은 '15분 글쓰기'를 골격으로 하고 기획에 두 가지를 추가했다. 하나는 다 같이 함께 읽는 낭독이고, 또 하나는 가벼운 책 소개와 토론이다. 그러나 모임의 중심은 '15분 글쓰기'다. 글만 쓰면 자칫 지루해질 수 있기 때문에 통독과 책 소개도 넣어 감칠맛 나게 진행하고 있다.

●○ 나 자신과 만나는 시간

'평소 나와 만나는 시간은 얼마나 될까?'

생각해보면 거의 없는 것 같다. 프랑스의 사상가이자 수학자인 파스칼은 "인간의 모든 문제는 조용히 앉아 있는 법을 모르는 데서 온다"라고 말했다.

쓰기를 하는 시간에는 주제에 대해 몰입도가 올라간다. 아무리 사람들이 많아도 글쓰기를 하는 시간만은 조용하다. 파스칼의 말처럼 이 시간만큼은 조용히 앉아 나 자신을 들여다보는 시간이다. 한 주제로 글을 쓰며 생각해보는 것은 색다른 경험이다.

"이렇게 앉아 노트에 오롯한 정신으로 적어본 것이 언제였는지

우리는 독서모임에서 읽기, 쓰기, 책쓰기를 합니다

모르겠어요."

한 참여자의 말에 대부분 고개를 끄떡인다. 학교 다닐 때도 함께 글을 써본 기억은 거의 없다. 하나의 주제를 가지고 글을 쓰면서 자신을 살펴보는 시간을 갖는 것 자체가 생소하다. 내 생각을 써 나가기 시작하면 몰입하게 된다. 지식과 경험이 글에 묻어난다. 감정도 묻어난다. 그러나 그것은 주제에 대해 아는 게 많고 적음 과는 상관이 없다. 주제와 연결된 나 자신을 향해 가는 여행이 다. 글을 쓰다 보면 알지 못했던 나를 만나게 된다. 쓰기의 시선 은 온전히 나 자신을 향해 있다. 쓰기를 통해 나를 더 많이 알게 되고, 그 시간을 통해 고민하던 문제들이 풀려나가기도 한다.

나 자신을 만나기 위해서는 가끔 용기가 필요하다. 집단으로 글 을 쓰고 내가 쓴 글을 많은 사람 앞에서 읽어본다. 모임에 참여 하는 시간이 늘어나는 만큼 나를 만나는 시간도 늘어난다. 나를 알면 더 담대해지고 사람들에 비치는 모습에도 어색해지지 않는 다. 물론, 나를 표현하는 일이 처음부터 쉬울 수만은 없다. 그래 서 더 자신을 내보이는 연습이 필요하다.

●○ 브레이크 없이 질주하는 15분 글쓰기

내 글을 다른 사람들은 어떻게 볼까?
이런 걱정을 적게 하는 방법은 무엇일까?

글을 쓰면서 편해지고 자유로워지는 방법은 없을까?

자칫하면 글쓰기가 자유로움이 아닌 얽매임으로 작용해 역효과를 낼 수도 있다. 이 문제를 푸는 방법이 있을까?

쓰기 모임에서 스스로 던져본 질문이다. 그리고 해결방법이 무엇인지 고민했다. 모임에 참여하는 사람들 입장에서도 생각해 보았다. 답은 간단했다. 100m 달리기 경기처럼 순식간에 끝내는 글쓰기를 하면 되겠다는 생각이 들었다.

첫눈 쓰기 모임에서 글을 쓰는 시간을 제한해놓았다. 그래서 만들어진 것이 '15분 글쓰기'다. 어떤 경우라도 15분 동안만 글을 쓰는 것이다. 글이 완성되지 않아도 멈추어야 한다. 이렇게 짧은 시간 글을 쓰는데 주제도 미리 정하지 않는다. 모임 날 다수의견을 듣고 그중 제일 많이 선택된 주제 하나를 가지고 글을 쓸 때가 많다. 그리고 생각을 가다듬을 시간도 부여하지 않는다. 쓰기가 시작되면 1~2분 생각하는 사람도 있지만, 대부분은 바로 종이 위에 글을 적어 내려간다. 고민하고 글을 쓰는 것이 아니라, 반대로 손이 움직이니 생각이 따라가는 게 아닌가 하는 착각이 들기도 한다.

쓰면 써진다. 많이 생각하고 아름답게 꾸며 쓸 시간도 없다. 형식도 없고 빠른 속도로 마구 써 내려간다. 갑자기 주어진 주제, 짧은 시간에 글을 쓰려니 고민할 여유도 없다. 글을 쓰는 건지, 놀이를 하는 건지, 낙서하는 것 같기도 하다. 결말도 없고, 딴 이

우리는 독서모임에서 읽기, 쓰기, 책쓰기를 합니다

야기로 빠지는 자신의 글을 보며 어이없어 하기도 한다.

15분이 순식간에 지나가면 이제 한 명씩 돌아가며 자신의 글을 소리 내서 읽는다. 여기에 듣는 사람들이 지켜야 할 규칙이 있다. 절대 다른 회원의 글에 대해서 의견을 보태지 않는다. 박수와 긍정의 짧은 한마디 정도만 가능하다. 글의 구성이 어떠니, 문장이 매끄럽지 못하니 하는 말들은 일절 하지 않는다.

지금까지 진행하면서 상대의 글에 대해 잘 썼느니, 못 썼느니 평가하는 말은 한번도 나오지 않았다. '15분 글쓰기'는 남의 글을 평가하는 것 자체가 의미가 없다. 글을 잘 쓰기 위해서가 아니라 쓰는 것 그 자체를 즐기기 위해 만들었기 때문이다. 그런데도 그 글을 평가하려고 애쓰는 사람은 비교하려는 마음이 있기 때문이다. 자신이 상대보다 우월하거나 열등하다는 비교의 시선을 가진 것이다. 이러한 시선은 도움이 안 된다. 쓰기 모임을 제대로 하고 싶다면 제일 먼저 비교하는 마음을 버려야 한다.

내가 쓴 글을 스스로나 다른 사람에게 평가받지 않을 때의 자유로움. 우리가 많이 경험해보지 못한 일이다. '15분 글쓰기'에 참가하는 사람들은 이 구속되지 않는 쓰기를 느끼고 깨닫는 것을 좋아한다. 그래서 자신이 쓴 글을 담담하게 읽는다. 하지만 자신의 글을 읽을 때 부끄러운 사람이나, 정말 하기 싫은 사람은 발표를 통과해도 된다.

참가자들은 자신이 쓴 글을 읽을 때 글 내용에 따라 다양한 표정을 짓는다. 빠르게 쓰느라 삐뚤빼뚤한 자신의 글을 알아보지 못하기도 하고 그럴 듯하게 시작했으나 흐지부지 끝나기도 한다. 한술 더 떠서 즉석에서 문장을 지어내 읽기도 한다. 그런데 알아보지 못하게 쓴 글이 더 좋을 때도 있다.

글을 써본 후, 소리 내서 읽어보는 이유 중 하나는 여러 사람 앞에서 소리 내서 읽기까지 하면 더 글쓰는 얽매임에서 벗어날 수 있기 때문이다. 처음 몇 번은 잘 써야겠다는 생각도 하지만 참여가 늘어날수록 '잘 써야지!' 보다 '쓰다 보면 써진다'로 바뀐다. '나의 글을 남의 글처럼 본다.'

15분 글쓰기를 하면서 이 경지까지 도달하면 합격이다.

바쁜 일상을 멈추는 건 간단하다. 쓰면 그 순간부터 모든 것이 멈춰진다. 그리고 나를 향한 여행이 시작되는 것이다. 그래서 나를 온전히 찾는 시간에 낯선 내 모습도 만난다. 함께 쓰는 사람들의 새로운 모습도 보게 된다. 이런 모습은 가정이나 직장에서 이야기해보지 않은 것들이 많다. 자신이 쓴 글을 통해 자신을 알아가는 건 쓰기 모임, 특히 15분 글쓰기 시간이 주는 매력이다.

●○ 15분 글쓰기 진행 요령

1. 시간제한 : 어떤 경우라도 철저히 지킨다. 설사 글을 완성하지 못했다 해도 마찬가지다. 한번은 글쓰기 1분을 남기고 늦게 참여

우리는 독서모임에서 읽기, 쓰기, 책쓰기를 합니다

한 참가자가 단 두 줄을 쓴 적도 있다.

2. **주제선정** : 될 수 있는 대로 15분 글쓰기 시작 때 즉석에서 정한다. 주제는 명사든 동사든 상관없이 정한다. 참가한 사람들이 각자 주제를 말하고 다수결에 의해 결정한다.

3. **발표** : 한 명씩 돌아가며 자신이 쓴 글을 읽는다. 듣는 사람은 박수로 응원해준다. 이때 글에 대해 의견을 말하지 않는다. 꼭 해야 한다면 긍정의 말 한마디 정도만 한다.

4. **진행시간** : 보통 참여자가 10명일 경우, 15분 글쓰기와 한 명씩 발표하면 30~40분 정도가 적당하다. 아무리 길어도 1시간을 초과하지 않는 게 좋다. 시간이 길어지면 글을 평가하게 된다.

 독서모임 포인트 20 ....

우리 쓰기 모임에는 '15분 글쓰기' 시간이 있다. 스톱워치를 15분에 맞추고 쓰기 시작한다. 누구나 할 것 없이 쓰기에 몰입한다. 그 시간만은 온전히 나를 향한 시간이다. 쓰기를 통해 나를 더 많이 알게 되고, 그 시간을 통해 고민하던 문제들이 풀려나가기도 한다. 글을 쓴 후에는 각자 소리내어 읽어본다. 듣는 이들에게는 절대 상대가 읽는 글에 대해서 의견을 보태지 않는다는 규칙이 있다. 글을 쓰는 것, 그 자체를 즐기기 위해서다.

글은
그 사람을
닮아간다

'매끄러운 글 vs. 진솔함이 담긴 글.'
쓰기에서 둘 중 어느 글이 더 마음을 크게 울릴까? 당연히 모임
의 울림통에서 더 크게 와닿는 것은 진솔함이 담긴 글이다. 글이
투박하다 못해 앞뒤 문장이 툭툭 끊겨 잘 연결되지도 않는데도
울림이 크다. 매끄럽게만 쓰려 한 나를 돌아보게 한다. 자신이
쓴 글을 읽으며 울컥하는 사람도 있다. 그 글 안에 자신의 진솔
한 감정 덩어리가 들어 있는 것이다. 자신도 모르던 걸 글을 읽
다 발견한 것이다. 글을 잘 쓰려고 꾸미다 보면 미사여구가 많이
들어간다. 그럴수록 자신의 내면으로 향하는 길은 멀어진다. 아
름다운 문장이 나쁘다는 게 아니다. 진술하면서도 아름다운 글
이라면 가장 좋다. 하지만 잘 꾸며진 문장이 아니더라도 진솔함
이 있는 글은 자신은 물론 함께하는 사람들의 마음을 흔들어준
다는 뜻이다.

●○ 진솔함은 쓰기의 중요한 요소

투박하고 결론도 없지만, 진실한 마음이 담긴 글은 사람을 움직인다. 겉으로 행복한 척하지만 마음속에 불평불만이 많은 사람은 글에 그것이 묻어나온다. 조금 서툴더라도 담백하고 진솔하게 자신을 내어보는 사람의 글에 호감이 가는 게 당연하다.

쓰기 모임이 좋은 건 참여 횟수가 늘어날수록 자신을 더 잘 들추어볼 수 있기 때문이다. 글을 통해 나의 좋은 점과 나쁜 점을 바라보는 과정에서 나의 현재 생각과 마음을 만날 수 있다. 오롯이 나를 향해 있는 이 시간을 충만히 누리는 것도 행복한 일이다.

모임에 함께하는 사람들과 서로의 글로 만나는 시간도 처음에는 낯설다. 하지만 글을 통해 서로를 알아가는 시간이 즐거워진다. 가끔 참여하는 사람을 너무 의식해서 글쓰기가 고난으로 바뀔 때도 있다. 내가 쓴 글이 다른 사람에게 어떻게 비치는지, 나를 향해야 할 시선이 반대로 밖을 향할 때 그렇게 된다.

이런 문제는 자신도 모르게 갑자기 찾아온다. 그러나 이런 과정도 공부라는 생각으로 잘 극복한다면 살아있는 배움이 될 수 있다. 아무리 감추려 해도 글은 그 사람을 닮아 있다. 사람과 글이 어떻게 닮지 않을 수 있겠는가? 그 사람 안에서 나온 것인데….

●○ 진솔하게 쓰려고 애쓰자

진솔하게 쓰는 것과 자신의 모든 것을 투명하게 드러내놓는 것은 조금 다르다. 굳이 사람들에게 알리지 않아도 되는 것을 억지로 쓸 필요는 없다. 또, 들추고 싶지 않은 상처를 일부러 사람들에게 내보일 필요도 없다.

보통 주제를 주면 자신의 경험을 쓰는 경우가 많다. 그 경험을 통해 관계된 것을 다시 되새겨보는 것이다.

"행복은 비를 피하는 것이 아니라 그 빗속에서 춤을 출 수 있는 것."

쓰기 모임에서 '우산'이란 주제로 글을 쓸 때 생각이 나서 인용한 문장이다. 겨울에 갑자기 소나기처럼 비가 내려 옷이 흠뻑 젖은 적이 있다. 집까지 10분 거리였지만 뛰다가 곧 걷기 시작했다. 이왕 옷이 젖었는데 뛰어도 소용없겠다는 생각이 들었다. 차가운 겨울비였지만 맞을 만했다. 집까지 걷는 동안 마음은 편했다. 뛰어가면 비를 조금 덜 맞았겠지만 조급한 마음과 불평은 오히려 더 쌓였을 것이라는 생각이 들었다.

'우산에 몸을 꼭꼭 숨기고 비를 한방울도 맞지 않으려 움츠린 삶보다 오히려 가끔은 우산을 벗어 던지고 당당하게 비를 맞이해보는 삶도 필요하다.'

모임에서 우산을 주제로 해서 썼던 글을 압축한 것이다. 한때 매

148
우리는 독서모임에서 읽기, 쓰기, 책쓰기를 합니다

출 감소로 인해 직장이 어려워져 고민할 때가 있었다. 이 글을 쓰면서 이전 경험이 떠올랐고, 순간마다 당당히 맞서보자는 마음을 다시 다지게 해주었다.

글을 쓰다 보면 나의 과거, 현재, 미래가 공존한다. 고민을 해결하는 계기가 되기도 하고, 희망과 위로를 받기도 한다. 쓰면 나에게 더 집중하게 되고 현재를 더 긍정하려는 마음이 생긴다.

쓴다는 건, 말보다 더 느리고 무겁다. 그러나 글에는 힘이 있다. 집단에서 함께 소통하고 공유하는 글이라면 그 힘은 배가 된다.

●○ 개성을 비교할 수 없다

글쓰는 것이 편해지려면 쓰는 것이 놀이가 되고, 남의 글과 비교하는 것을 내려놓아야 한다. 비교하지 않으면 글은 한결 편하고 쉬워진다. 나 자신을 생긴 대로 인정하고, 다른 사람은 그 사람 생긴 대로 인정해주는 것. 서로 비교하지 않고 개성이라 생각하면 잘 쓰는 글 못 쓰는 글의 흑백 논리에서 벗어날 수 있다.

내 글을 자꾸 남의 글과 비교하면 힘들어지기만 한다. 다른 사람을 통해 내 못난 점을 찾을 필요가 없다. 내가 남보다 잘난 점을 찾을 필요도 없다. 아무리 내가 글을 잘 쓴다 해도 남들이 가진 개성을 가질 수 없다. 비교하는 것은 시간 낭비일 뿐이다.

쓰기 모임은 이 비교를 내려놓는 살아있는 공부를 할 수 있는 장소다. 쓰기 모임을 할 때마다 많은 회원들이 쓴 글을 내 글과 견주어본다면 아마 신경쇠약에 걸릴지도 모른다. 건강에도 좋지 않다. 비교하려는 마음만 비워도 글쓰기는 자유로워진다.

버트런드 러셀은 "거지가 질투하는 대상은 백만장자가 아니라 좀 더 형편이 나은 다른 거지다"라는 말을 했다. 사람은 상대적으로 비교 우위에 있는 것을 좋아하는 경향이 있다. 맞는 말이다. 함께 글을 쓰는 사람들과 나의 글을 비교하려는 것도 비슷한 맥락이다. 만약, 그 모임에 나보다 글을 잘 쓰는 사람이 많은데 그래도 자꾸 비교가 된다면 참여를 포기하는 방법밖에 없다. 별거 아닌 것처럼 보이지만 참가자 중에 실제로 고민을 거듭하다 그만두는 사람도 있었다. 쓰기를 통해 남과 비교하는 것을 내려놓는 시간이 된다면 큰 배움터가 될 것이다.

 독서모임 포인트 21 ···

내 글이 남에게 비치는 것을 담담하게 지켜보는 일은 누구에겐 쉬울 수도 있지만, 또 누군가에겐 힘들 수도 있다. 이 차이를 쓰기 모임에 참여하면서 배워야 한다. 아무리 감추려 해도 글은 그 사람을 닮아 있다. 쓴다는 건, 말보다 더 느리고 무겁다. 그러나 글에는 힘이 있다. 집단에서 함께 소통하고 공유하는 글이라면 그 힘은 배가 된다. 그렇기에 더 진솔하게 글을 쓰려 애써야 한다.

쓰면
써진다

다산 정약용은 '둔필승총(鈍筆勝聰),' 즉 '둔한 붓이 총명함을
이긴다'고 했다. 아무리 총명한 머리를 가지고 있다고 해도 메모
나 글로 기록하는 것을 따라갈 수 없다는 뜻이다. 기록이 더디더
라도 꾸준히 하면 쌓이고 쌓여 총명함을 이길 수 있을 것이다.

쓰기 모임에 참여하는 사람들은 대부분 글을 잘 쓰고 싶어 한다.
가끔 독서모임이라고 해서 책을 읽고 싶어 나오는 사람들이 있
는데, 모임이 시작되고 글쓰는 시간이 되면 처음에는 당황한다.
그러나 조용히 각자 글쓰기에 빠져드는 모습을 보고 이내 따라
서 쓴다.

●○ 써야 써진다

글을 잘 쓰는 것도 중요하다. 그러나 써야 쓸 수 있다. '둔한 붓
이 총명함을 이긴다'는 말도 마찬가지다. 쓰는 이유가 무엇이든

중요한 것은 하나다. '글은 써야 써지는 것이다.'

쓰기 모임은 글쓰는 사람들의 공부방이다. 주제에 대해 생각이 정리되지 않았다 해도 상관없다. 일단 쓰는 것이 우선이다.

모임에 처음 참여하는 사람들이 가장 당황하는 부분은 바로 글쓰는 순서이다. 생각을 가다듬고 시간을 들여야만 글을 쓸 수 있다는 프레임에서 벗어나, 생각을 정리할 시간도 없이 그저 써보라고 하면 어색해한다.

쓰기 어려우면 한 단어만 쓰고 그다음부터 한 글자를 더해보라고 말해준다. 아니면, 친구와 잡담하는 것처럼 말을 그대로 적어보는 것도 좋다. 그것도 못 하겠으면 그림이라도 그리라고 하면 글을 쓰기 시작한다. 글을 쓰는 작업은 어렵다면 한없이 어렵고, 쉽다면 친한 사람과 잡담을 나누는 것처럼 편하다. 한 글자를 쓰고 그다음에 어떻게든 글자를 붙이면 문장이 된다. 쉽게 접근해보자. 한 글자를 적지 않아도 '그래, 일단 아무거나 써보자!' 라는 생각을 하는 순간, 마법같이 쓰기는 시작된다. 그다음은 문제 없다. **일단 쓰기 시작하면 계속 쓰는 것은 어렵지 않다.**

글을 쓰는 것에도 관성의 법칙이 적용된다. 글을 잘 쓰려 하고 남에게 어떻게 비칠까 고민하다 보면 금세 방해받는다. 글을 쓸 때 이런 것을 무시하는 연습을 해야 한다. 잘 쓰든 못 쓰든 쓴다는 것 자체에 의미를 둔다면 쓰기에 대한 두려움은 사라진다.

우리는 독서모임에서 읽기, 쓰기, 책쓰기를 합니다

'손이 가는 대로 생각도 따라간다.'

15분 글쓰기 시간에 도통 글을 쓸 수가 없었다. 제한시간이 반이 지나도록 낙서만 하고 있었다. 잘 쓰려는 마음 때문이 아니라, 그날 거래처 사람과 얼굴 붉힌 일을 생각하느라 그랬다. 온종일 그 일에서 벗어나지 못하고 모임에 참여한 것이다. 마음이 딴 곳에 가 있어 글을 쓰기 싫었다. 하지만 회원들이 글쓰기에 몰입하고 있으니 마지못해 낙서라도 하고 있었다. 사실 쓰기 모임에서 글을 안 써도 상관없다. 쓰고 발표를 안 해도 괜찮다. 그런 부담 없이 글을 쓰자고 했기 때문에 눈치 볼 일은 없다.

그렇게 시간이 10분쯤 흐르고 나서 한 줄이라도 써보자, 집중이 안 되니 손이 움직이는 대로 글을 맡겨보자, 하는 생각이 들었다. 그러자 신기하게도 글이 써졌다. 주제에 집중하지도 않았고, 직장에서 있었던 일을 애써 생각하지 않으려고 하지도 않았다. 그저 손이 움직이는 것에 글을 맡겼다. 새로운 경험이었다. 마음이 심란하지 않았다면 몰랐을 것이다. 손에 집중해보니 그 순간 쓰기를 힘들게 했던 것들에서 벗어날 수 있었다. 하나에 몰입하니 다른 것이 생각나지 않았다. 쓰기가 자유로워지려면 손 따라 써보는 것도 좋은 방법이겠다. 만약 잘 못쓰면 자신을 탓하지 말고 손에게 다음에는 잘 쓰라고 말해보면 어떨까.

●○ **무엇이 써질까? 무엇을 쓸까?**

우리는 무엇을 쓸까 고민하며 글쓰는 데 익숙하다. 하지만 '무엇이 써질까?' 기대하며 글을 써보는 것도 재미있다. 어떤 글들이 나에게 다가올지 글을 써보는 것이다.

한번은 모임에서 스마트폰, 사진, 감자 등 여러 주제가 나왔는데 다수결에 의해 '사진'이 당첨되었다. 오늘은 어떤 글이 써질까? 기대하며 손을 움직이려 하는데 기차놀이로 주제가 다가온다.

나는 '스마트폰'을 손에 들고 나를 찍는 것을 싫어한다. 그 '사진' 속에는 동글동글한 '감자' 같이 생긴 사람이 들어 있기 때문이다. 잘 생겨 보이고 싶은데….

그날의 글쓰기 내용은 단어 연결로 시작했다. 재미있었다. '무엇을 쓸까?'가 아닌 '무엇이 써질까?' 기대하며 쓰는 일이 새로웠다. 글은 써야 써진다.

 독서모임 포인트 22 ·······························

글을 잘 쓰는 것도 중요하다. 그러나 써야 쓸 수 있다. '둔한 붓이 총명함을 이긴다'는 말도 있다. 쓰기 모임은 글쓰는 사람들의 공부방이 되어준다. '그래, 일단 아무거나 써보자!' 라는 생각을 하는 순간, 마법같이 쓰기는 시작된다. 일단 쓰기 시작하면 계속 쓰는 것은 어렵지 않다. 글은 써야 써진다.

책쓰기
통로

쓰기 모임에서 매주 주제를 하나 정하고 글을 쓰다 보면 이곳저곳에 흔적이 남는다. 일단 쓰기를 노트에 하면 한 페이지 두 페이지 글이 모이기 시작한다. 그것이 반복되어 두세 달이 지나 열 페이지가 넘어간다. 거기에 더해 일상에서도 자투리 시간에 글 쓰는 버릇이 생겨 노트 한 권이 채워져간다.

●○ 글이 쌓이면 책으로 묶는다

쓰기 모임에서 1년이 되었을 때 그간 내가 쓴 글을 정리해보았다. 모임 때 쓴 글 그대로 고치지 않고 정리하기도 하고, 살짝 수정하기도 한다. 각자 쓴 글을 한곳에 모아 편집을 하고 제본을 해서 한 권의 책으로 만드는 작업을 했다. 모임에서는 삐뚤빼뚤 자신이 읽기도 헷갈리게 쓴 글을 활자로 인쇄하여 보는 기분은 경험해보지 않고는 결코 알 수 없다. 제본된 책에 내 글이 실려 있으면 기분이 좋다. 거기에 더해 여러 사람의 글이 실려 있으니 책 분량도 어느 정도 갖출 수 있어 종이책으로 나와 함께한 사람들의 1년 글쓰기 농사를 볼 수 있다.

책 한 권에 쓰기의 흔적을 남기고 그것을 살펴보는 작업은 매우 의미 있다. 그날그날 쓴 글을 보는 일과 책으로 묶어 내 글을 다시 보는 일은 다르다. 한 해 동안 내가 무엇을 생각했고, 얼마나 변했는가를 알 수 있다.

처음 글쓰기를 할 때는 내가 쓴 글을 남에게 보여주어야 하나 고민도 되겠지만, 1년간의 결과물을 보면 성장한 것과 더불어 글을 쓰는 횟수가 늘면서 쓰는 것에 대해 얼마나 자유로워졌는가도 알 수 있게 된다.

●○ 책쓰기 통로

쓰기 모임을 통해 집단에서 글을 써보는 것은 혼자 쓰는 것과 다르다. 같은 주제에 대해 각자의 색깔이 있는 글을 만날 수 있다. 거기에 다양한 사고로 주제에 접근하는 것을 들으면 내가 모르던 시선이 생기기도 한다. 기발한 생각을 적는 사람도 있고, 경험이 어우러져 자신만의 깨달음을 듣게 되기도 한다.

이렇게 집단에서 글을 쓰면 글쓰기가 일상이 된다. 그리고 생각 자체가 글로 나타나게 된다. 나 또한 일상에서 떠오르는 주제나 단어가 있으면 모임이 아니어도 글을 써보는 버릇이 생겼다. 예를 들면 '침묵'이란 단어가 떠오르면 그것에 대해 한 줄이든 한 장이든 손이 가는 대로 써보는 것이다.

"왜 침묵이 필요할까? 말이 많으면 손해를 본다는데 그렇다고 마냥 입을 다물고 수도자처럼 침묵하는 것이 맞을까? 침묵은 불필요한 말을 많이 하는 것을 피하고자 무조건 입을 닫고 있는 것이 아니다. 침묵은 '정도(正道)'를 벗어나지 않으려 하는 적극적인 말에 멈춤…."

지금 이 글을 쓰면서 침묵에 대해 두서없이 써본 것이다. 모임에서 쓰기가 많아지면 일상에서도 자꾸 써보게 된다. 컴퓨터 앞에 앉아 있으면 자판을 두드리게 된다. 커피숍에 앉아있을 때 노트마저 없으면 메모지에 적는다. 가끔은 스마트폰에다 적기도 한다. 녹음하면 편하지 않냐고 묻는 사람도 있다. 그러나 말보다는 손이 글을 쓰는 습관을 만들어준다. **일상에서 떠오르는 영감이나 글감을 자꾸 쓰다 보면 책을 쓰는 근육도 생겨난다.**

쓰기 모임에 1년 이상 참여한 사람들을 보면 확실히 책쓰기를 덜 어려워한다. 쓰는 것에 익숙해지면 결국 책쓰기도 가능해진다.

●○ **책쓰기 연습**

'책상'이라는 주제로 열 명이 넘는 참여자들이 글쓰기를 한 적이 있다. 한 사람 한 사람이 '책상'에 관해 쓴 글은 다양했다.

'책상을 살까? 말까?' : 선택에 관해 쓴 글.

'16년간 단짝' : 관계에 관해 쓴 글.

'책상에 널브러진 걸 싹 치워야겠다' : 심플 라이프에 관해 쓴 글.

'첫 출근! 책상이 생겼다' : 자신의 3막을 알리는 글.

…….

책상이란 주제를 가지고 많은 참여자들의 글이 거미줄처럼 수없이 뻗어 나간다. 책쓰기도 이와 비슷하다. 다만 열 사람이 아니라 저자 한 사람이 한 주제를 가지고 쓴다는 게 다른 점이다.

책상을 주제로 책을 쓰고 싶다면 그것에 대해 자신의 경험과 깨달음을 적어본다. 쓰기 모임을 통해 글쓰는 것이 편해질수록 책쓰기를 할 수 있는 연습도 된다.

'1000명의 독서놀이터.' 처음 읽기 모임을 기획할 때 아이들이 놀이터에서 즐겁게 뛰어놀듯이 어른들을 위한 공간을 만들고 싶었다. 쓰기 모임도 마찬가지였다. 놀이처럼 집단에서 글을 써보자는 취지였다. 놀이처럼 쓰고, 쓰는 것 자체를 즐길 줄 아는 것. 산을 좋아하는 사람이 등산할 때 땀 흘리는 것을 싫어하는가? 축구를 좋아하는 사람이 거친 숨을 몰아쉬며 뛰고, 상대와 부딪치며 넘어지면서 경기를 하는 것을 싫어하는가?

놀이처럼 즐기고, 자신이 좋아하는 취미처럼 쓰는 것. 글을 쓰는 것을 놀이로 만들면 그만큼 즐기는 방법을 아는 것이다. 이것을

우리는 독서모임에서 읽기, 쓰기, 책쓰기를 합니다

더 확장해서 책도 쓸 수 있는 놀이터로 만들 수 있다.

분명한 것은 쓰기는 읽기와 책쓰기의 중간역할을 해준다. 글쓰기의 새로운 패러다임이 거창한 게 아니다. 이런 과정을 어떻게 바라보느냐에 따라 성장할 수 있는 것이다. 쓰기는 분명 책쓰기로 가는 통로가 될 수 있다.

 독서모임 포인트 23 ·····································

집단에서 글을 쓰면 글쓰기가 일상이 된다. 그리고 생각 자체가 글로 나타나게 된다. 말보다는 손이 글을 쓰는 습관을 만들어준다. 일상에서 떠오르는 영감이나 글감을 쓰다 보면 책을 쓰는 근육도 생겨난다. 그러기에 다양한 생각과 주제를 가지고 함께하는 쓰기 모임은 책쓰기로 가는 연결 통로가 되어준다.

쓰기
모임
진행

쓰기 모임도 다양하게 진행해볼 수 있다. 현재 내가 진행하고 있는 쓰기 모임에서는 짧은 시간을 정해서 쓰는 글쓰기가 주를 이루고 있는데 글쓰는 시간에 따라 진행이 달라진다.

●○ 짧은 시간

우리 모임의 목적은 '벗어남'이다. 기존의 주입식 교육을 통해 배운 글쓰기에서 벗어나는 것이다. 아름다운 문장의 글을 써야 한다는 강박관념에서 벗어나는 것이다. 잘 쓰려는 욕심에서도 벗어나는 것이다. 핵심은 그냥 써보는 것이다. 편하고 자유롭게 글쓰기를 하며 삶을 풍요롭게 만들자는 취지에서의 글쓰기다.
그래서 시간 제약을 두고 '15분 글쓰기'를 시작했다. 시간을 더 짧게 하거나 길게 해도 된다. 각자의 모임 상황에 맞추면 된다. 우리 모임은 2년 동안 이 기획을 바꾸지 않고 진행하고 있다.

우리는 독서모임에서 읽기, 쓰기, 책쓰기를 합니다

시간을 제한하면 두 가지 효과가 있다. 일단 잘 쓰려고 애쓰는 것을 방지할 수 있다. 고민하는 만큼 시간은 흐른다. 또 하나는 글이 길어지는 것을 방지해준다. 참여 회원이 적으면 시간 배분을 하기 쉬우나, 많은 사람이 함께 쓸 때는 기본적으로 글의 분량이 적어야 한다. 그래야 각자 쓴 글을 발표하고 들을 수 있다.

모임의 목적인 '벗어남'을 끌어내는 데 시간제한은 유용한 도구다. 이것이 반복되면 글쓰는 일이 놀이처럼 재미있어진다. 매번 부담을 갖고 쓰는 게 아니라 오히려 스트레스를 푸는 글쓰기가 된다. 모임에서 "생각보다 손이 빠르게 써봅시다"라는 농담을 하곤 한다. 뇌 과학자들은 뇌의 명령 없이는 손을 움직일 수 없다고 어림없는 소리라고 할 것이다. 상관없다. 문법에 맞고 사람들에게 읽히기 좋은 아름다운 문장을 추구하는 게 아니다.

●○ 충분한 시간

시간을 제한하지 않아도 모임 진행이 가능하다. 충분한 시간 동안 생각하고 글을 써보는 것이다. 이 방식으로는 많이 해보진 못했지만, 나름대로 완성도 있는 글을 쓸 수 있다. 글은 모임에 참석하기 전에 미리 써오는 방법도 있고 모임 시간에 쓸 수도 있다. 시간을 여유 있게 하면 한 편의 에세이를 적을 수도 있다. 다만 이런 방식은 글쓰는 것에 치중하기 때문에 다른 기획과 병행하기 어렵다.

가끔 시간을 제한한 쓰기 모임에서 주제를 모임 전에 미리 공지할 때가 있다. 충분한 사색과 관찰을 통해 글을 써보기 위해서인데 추구하는 목적이 쓰는 자체에 있기에 대부분 미리 글을 써와도 회원들이 특별하게 잘 쓰려고 애쓰지 않는다.

충분한 시간을 갖고 글을 쓰면 시간을 촉박하게 정한 것과 다른 장점도 많다. 글을 써 놓고 다시 가다듬을 수 있다. 며칠 묵혀놓고 쓴 글을 읽으면 또 다른 시선으로 보인다. 제한된 시간에 쓰는 글보다 완성도를 높일 수 있는 장점이 있다.

●○ 대상에 따라 진행이 달라진다

책을 읽은 감상이나 서평 쓰기를 목적으로 한다면 어느 정도 형식을 갖추어야 할 것이다. 읽기 모임에서 독서를 하고 서평을 작성하는 것과 다를 바 없다. 영화감상도 마찬가지다. 감상뿐 아니라 그 영화와 연관한 주제로 함께 글을 쓸 수 있다. 이처럼 다양한 대상을 통해서 글을 쓸 수 있다. 처음에는 부담 없는 글쓰기로 시작해서 다양한 패턴의 쓰기로 확장해나가도 된다. 여행도 좋다. 어떤 대상이든 쓰기의 재료가 될 수 있다.

●○ 다른 모임과 병행하면 진행이 달라진다

읽기 모임과 쓰기 모임을 구분하는 것은 어쩌면 칼로 물 베기와 같을 수도 있다. 진행의 골격을 무엇으로 하느냐에 따라 구분한 것뿐이다. 독서와 독서모임은 다르다. 혼자와 함께의 차이다. 우리는 독서모임에서 책을 읽고, 쓴다. 함께하는 사람들과 피부에 와닿는 독서를 하고 글쓰기를 한다.

그래서 시간을 제한하고 쓰는 모임은 읽기와 결합하면 경쾌한 분위기를 만들 수 있다. 더구나 읽기 모임이 쓰기 모임 안에 들어오면 글감도 더욱 풍성해진다. 두 모임이 연결되면 다양한 사람들이 참여할 수 있는 구조가 된다.

 독서모임 포인트 24 ·····················

쓰기 모임에서 지켜야 할 것
1. 글쓰기 시간을 정확히 지킨다.
2. 상대가 쓴 글에 대해 평가하지 않는다.
3. 다른 사람의 글을 공개할 때는 반드시 쓴 사람의 동의를 얻는다.

첫눈
모임
풍경

"오늘의 주제는 다수결의 원칙에 따라 '나무'로 정하겠습니다."
그날 나무에 대해 발표한 내용은 아주 다양했다.
'우리 주변에 가까이 있는 말 없는 친구.' '나무 종류가 너무 많
다.' '그늘을 만들어주는 고마움' '움직이지 않는다.'
나무게 관한 글을 쓰면서 나는 나무 관련 책이 보고 싶어졌다.
"늙어가면서 점점 아름다워지는 생명체는 나무밖에 없다."
《고규홍의 한국의 나무특강》에 나오는 말이다. 사람도 나이를
먹으며 아름다워지는 나무를 닮을 수 있을까? 책에 소개된 괴산
에 있는 오가리 느티나무가 보고 싶었다. 한가로운 토요일 오전
아내와 드라이브를 즐길 겸 괴산 오가리로 향했다.
800년 된 느티나무 아래 들어가 보니 몇백 명이 들어가도 넉넉
할 정도의 그늘이 있었다. 수많은 새와 곤충과 함께 살아가고 있
는 나무. 쓰기 모임에서 글을 쓸 때 느끼지 못한 것들이 현장에
서 바람과 함께 다가왔다. 사람이 오래 산다고 해도 백 년을 살

우리는 독서모임에서 읽기, 쓰기, 책쓰기를 합니다

지 못한다. 나무가 살아온 시간에 비하면 너무나 짧은 시간이다. 직접 나무 품에 안겨보니 나무는 끊임없이 움직이고 있었다. 800년간 거목으로 당당하게 서 있으며 한순간도 쉬지 않고 자라고 있었다. 보이지 않는 땅속의 뿌리는 나무줄기가 크는 만큼 물을 찾아 뻗어가고 있었고, 나뭇잎은 거대한 나무를 유지하기 위해 햇빛을 받아 필요한 영양분을 만들어내고 있었다.

나무 아래에서 만난 낯설었던 시간이 계기가 되어 나무와 소통한 이야기를 글로 쓰기 시작했다. 1년 동안 나무를 찾아다니며 나무 아래에서 '15분 글쓰기'를 했다. 시간이 흐르자 분량이 많아졌다. 그렇게 나무 에세이《나무와 말하다》를 출간했다. 쓰기 모임에서의 주제 하나로 한 권의 책을 출간한 것이다.

생각지도 못한 주제를 통해 새로운 시선을 만나고 색다른 배움을 얻었다. 쓰기 모임에 참여하면 이런 반복이 수없이 일어난다. 거기에 더해 다른 사람들이 쓴 글을 들으면서 또 다른 기발한 생각도 떠오른다. 쓰기 모임의 매력이다.

 독서모임 포인트 25 ·············

글쓰기 실력이 뛰어나지 않아도 꾸준하게 진솔하게 쓰다 보면 삶이 윤택해진다. 그것은 직장생활의 활력으로 이어질 수도 있고 자존감도 회복될 수 있다. 여기에 '내 책' 출간은 덤으로 얻을 수 있는 성과물이다.

독서모임을 통해
느낀 것들

1년 남짓 되어가는 것 같다. 인터넷 검색을 통해 우연히 알게 된 독서모임은 그동안 까맣게 잊고 있던 책읽기의 즐거움을 다시 나의 일상으로 가져다 주었다.

처음 독서모임이라는 이름을 들었을 땐 숙제로 내준 책을 읽어와서 느낀 것들을 서로 이야기하는 정도일 거라 짐작했다. 하지만 이 모임엔 조금 다른 특별함이 있었다. 먼저 15분이라는 짧은 시간을 통해 주어진 자유소재로 글을 쓰는 순서가 그것이었다. 평소 주의깊게 들여다보지 않았던 소재들로 글을 써보는 경험은 마치 평범한 일상을 카메라의 프레임에 담을 때 느껴지던 신선한 무엇과 비슷한 느낌이었고, 같은 소재에 대한 회원들의 다른 시각과 생각을 엿듣는 것 또한 '나'라는 틀에서 벗어날 수 없었던 나에게는 참으로 즐겁고 감사한 시간이었다.

어릴 적 많은 책을 읽고 좋아했던 나이지만 중학교에 입학해서 전공을 마치기까지 교과서와 학습지, 스마트폰의 오락성, 정보성 글 외엔 따로 시간을 내어 책을 읽은 적이 거의 없었던 것 같다. 하지만 독서

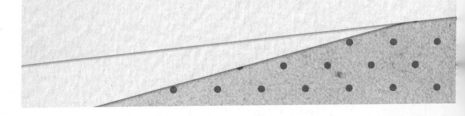

모임에 참석하게 되면서 다시 찾게 된 책읽기의 즐거움은 여전히 바쁜 일상을 살아내야 하는 나에게 또 다른 기대와 행복을 가져다주고 있다.

독서모임을 통해 매달 다양한 종류의 책을 사람들과 함께 읽어나가면서 평소 접하지 않던 종류의 책에 대한 편견을 깰 수 있게 되었고 혼자가 아닌 함께하는 책읽기를 통해 생긴 '글을 읽어나가는 힘'도, 결국 혼자 있을 때에도 긴 시간 지루하지 않게 책을 읽을 수 있게 하는 지속력이 되어주었다.

지난 20~30년간 읽은 책이 수십 권이 되지 않던 나는 작년 한 해 백여 권의 책을 통해 새로운 일상의 즐거움을 다시 발견했다.

책은 가볍고 종이는 우리에게 해가 되지 않으며 책 속엔 무수히 많은 주제와 전혀 다른 개성의 작가들이 있다. 몇 가지 경로를 통하면 글을 만지거나 듣고 스마트폰 속에 수백 권을 담아 다닐 수도 있다. 나의 앞으로의 시간은 타의에 의해서 의미없이 흘러가거나 지루할 틈이 없다. 독서는 내게 가장 가까운 곳에 있으며 매우 다양하고 의미있는 즐거움을 줄 수 있다.

그 즐거움의 시작이 되어준 독서모임이 무척 고맙다.

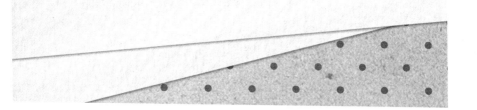

비로소 자유로운 독서가
가능해졌다

이력서 한 장을 쓰더라도 학교를 다니면서도 늘상 따라다녔던 것이
취미, 특기란. 이 칸에 다들 독서, 음악 감상이라고 적어봤을 것이다.
대부분이 독서라고 쓰는데 그 이유가 많은 사람들이 그렇게 적기 때
문이고, 적당한 범위에서 튀지 않는 이방인이 되지 않기 위해 고른
것이 독서이기 때문일까? 너와 나는 다른 사람인데 말이다.
영화도 평점을 보고 택하고 책도 다른 사람의 공감이 많을수록 많이
읽히는 그런 사회 속에 우리는 살고 있다. 보통 성인이 된 후로 책에
대해 이야기할 수 있는 사람은 대부분 친구인데 이때 책에 대해서 공
감을 많이 할수록 잘 읽었다고 생각한다. 내가 내용을 이해하지 못
했을 수도 있고 그 친구와는 다르게 생각할 수도 있지만 하나의 책에
대해서 같은 주제를 말하고 나면 "역시 우린 그래서 친구다"라고 말
하며 만족해한다. 나 역시 그랬고 그래서 주로 베스트셀러를 읽었다.
잘 팔리는 책은 많은 사람이 읽었기 때문에 이야깃거리가 될 수 있어
서. 그런데 사실 친구에게 같은 공감을 얻고자 책을 추천하면 재미없
다고 하거나 나와 다른 말이 나오는 것이 정상이란다. 그래, 맞다. 친

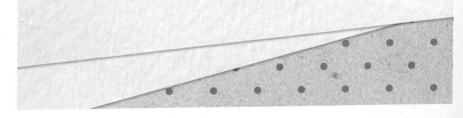

구와 나는 다른 사람이다. 그 이후로 나는 동질감이 아닌 이질감을 느끼기 위해 독서모임, 첫눈에 가게 되었다.

처음 모임의 문을 열었을 때, 아무도 내 나이나 직업을 묻지 않았다. 그리고 매주 나왔던 사람처럼 독서모임을 했다. 처음 '벼락'을 가지고 15분 글쓰기를 했다. 벼락은 언제 올지 모르고 강력하지만 드물기 때문에 사람들이 벼락을 맞을 거라고 두려워하지 않는다. 그러나 인생에서는 벼락보다 덜 위험한 일인데도 벼락 맞을 일을 걱정한다. 전전긍긍한다. 그런 내용으로 글쓰기를 했다.

성인이 된 후로 과제 외에는 일상에 대해 글을 쓸 일이 드물다. 매번 나의 가치관이나 생각들은 그때그때 흘러가기만 했고 기억에서 잊혀졌었는데 15분 글쓰기는 그 찰나의 생각을 붙잡아주었다. 2017년 7월 10일 월요일, 벼락에 대한 생각은 지금 기록으로 남아 있다. 비록 15분 동안 단어 하나를 가지고 쓴 글이었지만 그 글에는 내 가치관, 인생관이 담겨 있었고 이것이 또 다른 책이고 나만의 책이 될 수 있다는 것을 알게 되었다. 알고 보면 책도 그 작가의 이야기를 읽는 것이지 않는가.

여럿이 모여서 15분 글쓰기를 하고 나면 참여한 사람 각자의 글을 들을 수 있는 유익한 시간이 이어진다. 각자의 이야기를 통해 나는 그들과 내가 다름을 느끼고, 그들이 가진 개인의 고유한 색을 접하게 된다.

사실 독서모임이라고 하면 책에 대한 이야기만 할 줄 알았다. 15분

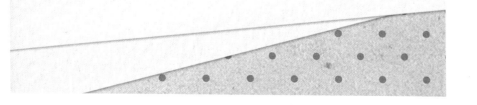

글쓰기는 내 이야기를 할 수 있는 색다른 경험이었다. 독서모임 이후로 나는 월요일이 아닌 시간에도 감정을 기록하고 그날 쓸 게 없으면 단어를 적고 생각쓰기를 한다. 그리고 지난 여행에서는 미리 단어를 적어놓고 15분 글쓰기를 했다. 예전에는 쉬는 날이 하루 이상 되어야 휴식이라고 느꼈지만 이제는 15분만으로도 나의 생각을 표현하기에 충분한 시간임을 알게 되었다. 직업을 떠나서 다른 생각을 할 수 있는 상대적 시간이 많아졌다.

무엇보다 첫눈모임에서 좋았던 것은 개인존중과 자유였다. 글을 들으면서 남의 글에 대해 어느 누구도 지적하지 않았다. 어릴 때부터 글쓰기는 자유가 아닌 평가로 이어지고 대입에는 논술, 취업문을 두드리면서도 자기소개서까지 첨삭 받는 시대에 지적 아닌 받아들임은 내가 독서모임에 지속적으로 참여하는 이유이기도 했다. 지속적으로 참여를 하면서도 두려움은 있었다. 누가 뭐라고 하면 어떻게 하지, 책에 대한 내용을 물어보면 어떻게 하지, 중간에 잊어버린 것도 있고 할 말도 없으면 어떻게 하지, 하는 그런 생각이었다. 그런데 전혀 걱정하지 않아도 되었다. 국어시험 보는 모임이 아니다. 그냥 패스~ 하고 외치면 된다. 내가 다름을 말하면 그럴 수도 있다고 고개를 끄덕여주고, 글쓰기에 대해서도 지적하지 않는다. 그렇다. 나는 나로서 존재하고, 하고 싶은 대로 마음대로 해도 되는 거였다. 첫눈모임에는 참여하되, 생각이 안 나거나 할 말이 없으면 하지 않아도 되는 자유로움이 있다.

독서모임은 굉장한 다독가들만 가는 모임이라는 편견이 있지만 나는 한 달에 책 한 권 간신히 읽었는데도 매주 참여하곤 했다. 조승연이나 팟캐스트를 진행하는 어떤 이들처럼 술술술 지식을 뽐내지 않아도 된다. 그냥 나의 일주일간의 책에 대한 생각을 말해도 되고 그것도 아니면 침묵해도 된다. 말 한마디 안 하고 와도 어느 누구 하나 뭐라고 하지 않는다. 직장생활을 하면서 매주 한 권의 책을 읽는다는 게 쉽지만은 않다. 그러면 그냥 읽던 책의 한 구절을 읽어주고 그 문장에 대해서만 이야기해도 된다. 그래서 독서모임이 부담스럽지 않았고 나는 첫눈모임이 좋았다.

프랑스 사람들은 책을 많이 읽는다. 그 이유가 밖에서 할 말을 만들기 위해 그렇다고 한다. 나도 독서모임에 이야깃거리를 만들러 책을 예전보다 더 읽게 되었다. 나는 그곳에 그냥 이야기하러 혹은 침묵하러 간다. 독서로 무엇인가를 얻어야만 가는 것은 아니다. 내가 감정을 조절하고 생각할 수 있는 시간, 그리고 자유로움을 기록하고 표현할 수 있을 때 비로소 자유로운 독서를 할 수 있고 생각이 넓어질 수 있다는 것을 알게 되니 말이다.

첫눈은 봄, 여름, 가을 그리고 겨울이 오고 기다림 끝에 내린다. 첫눈은 기다림이다. 사람은 첫눈을 기다리고 책은 그런 사람을 기다린다.

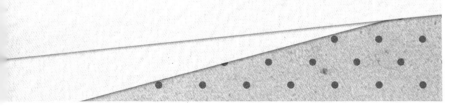

4장,

3단계 : 책쓰기 모임

:

:

....

나는
30년간
독자였다

3개의 모임 중에서 최고 정점에 있는 것은 책쓰기 모임이다. 읽기와 쓰기는 누구나 쉽게 접근할 수 있고, 모임을 이끌어가는 리더도 특별히 준비하는 게 어렵지 않다. 그러나 책쓰기는 다르다. 책을 출간한 경험이 있는 사람이 모임을 기획하면 유리한 면이 많다. 책을 쓰는 요령에 관해 설명도 할 수 있고 처음 시작하는 사람들도 적응하기 쉽다.

삼독모임을 만들어 독서모임에서 굳이 책쓰기를 할 필요가 있는지 의구심을 갖는 사람도 있다. 맞는 말이다. 책을 쓴다는 건 생소한 작업이기도 하고, 읽기와 쓰기 만으로도 만족하는 사람들이 많다. 그러나 삼독모임을 통해 독서모임을 더 확장해보는 건 아주 좋은 경험이다. 읽고 쓰기를 할 수 있으면 자연스럽게 책쓰기로도 연결할 수 있다.

책 출간을 목적으로 하는 글쓰기, 책쓰기라면 어려울 수 있다. 하지만 출간의 목적보다 더 큰 의미를 둔다면 달라질 수 있다.

'독자의 눈으로만 보던 사고에서 벗어나 저자가 되어보는 것.'

●○ 나는 독자였다

나는 책을 쓰면서 충격을 받았다. 대부분의 사람들은 독자로만 세상을 바라보았지, 저자의 시선으로 바라볼 생각을 해보지 못한다. 나 또한 그랬다. 책을 많이 읽지 않았던 시절도 있었고, 3년간 매일 책에 빠져 살았던 적도 있다. 이 기간을 더해보니 대략 30년간 나는 독자로서만 세상을 바라보는 것에 익숙했었다. 7년간 독서모임에 참여하며 책을 읽고 사람들과 함께 소통하면서도 독자 입장에서만 생각한 것이다. 읽기 모임을 통해 독서습관을 만들고, 또 쓰기 모임으로 확장해 나를 알아가는 글쓰기를 해보았다. 그러나 책쓰기를 하며 독자의 시선이 아닌 저자의 관점을 가져보니 다른 것들이 보이기 시작했다.

이 시선은 여행에 비유할 수 있다. 낯선 곳으로 여행을 떠나보면 나의 일상이 잘 들여다보인다. 험한 산 정상까지 올라가다 보면 알게 된다. 서 있는 그곳에서 오히려 도시의 빌딩숲에서 반복되는 자신의 일상이 더 잘 보인다. 벗어나 있기 때문이다. 바쁘게 다람쥐 쳇바퀴 돌며 살아가는 모습도 보이고, 너무 옹졸하게 사람들을 대한 것도 보인다. 나에게 책을 읽는 것이 그랬다. 독자로서만 충실히 살아오다가 책쓰기를 해보며 새로운 걸 발견한 것이다. 독서에 흥미를 느끼고 악착같이 읽을 때가 있었다. 욕심을 내서 3년간 천 권도 넘게 읽기도 했다. 중요한 것은 그렇게 많은 책을 읽어도 독자로서만 충실했다는 사실을 몰랐다는 거다.

●○ **생산자 사고**

책쓰기의 관점은 읽기, 쓰기에서의 관점과는 다르다는 걸 사과를 통해서도 알 수 있다. 사과 한 알은 자연의 수많은 변화 속에서 만들어진다. 이때 사과를 바라보는 전혀 다른 두 가지 시선이 있다.

'농부의 시선과 소비자의 시선.'

농부는 사과가 열매를 맺고 익어가기까지 과정을 함께한다. 벌들이 꽃가루를 퍼트려 수분을 돕고 열매를 맺게 해준다. 병충해에 견디고 비바람을 이기며 사과는 자란다. 농부는 수고를 아끼지 않고 맛있는 사과를 생산해낸다. 소비자는 탐스럽게 잘 익은 사과를 고르는 데 집중한다. 이처럼 생산자와 소비자가 바라보는 시선은 전혀 다르다.

책쓰기는 독자의 시선이 아닌 창조적 행위를 하는 생산자의 시선으로 하는 작업이다. 책쓰기를 통해 한 가지 명확히 깨달은 게 있다.

책을 쓴다는 건 독자를 향해 내가 경험하고 깨달은 것을 적는 작업에서 시작된다. 독자 입장일 때는 저자를 바라보며 생각한다. 처음에는 모임에서 책을 쓴다는 게 가능할까 걱정도 했지만, 책쓰기를 함께 해보니 서로를 격려하면서 글을 쓸 수 있어 좋았다. **분명한 건 책쓰기를 누구나 할 수 있다**는 것이다.

나는 책은 소수의 사람만이 쓸 수 있다는 고정관념을 갖고 있었다. 그래서 시도도 해보지 않았었다. 그러나 읽기 모임을 통해 독서를 꾸준히 3년 정도 하다 보니 무언가 쓰고 싶다는 욕망이 꿈틀거렸다. 머릿속에 무언가를 계속 집어넣으니 자꾸 배출하고 싶었다. 어느 날, 3년간의 독서경험을 사람들과 공유하며 조금이라도 도움을 주고 싶었다. 그 과정에서 맞벌이 아빠로 좌충우돌하면서 독서한 경험을 담은 책을 출간했다.

한 권의 책을 쓰는 과정을 통해 쓰기 모임이 절실히 필요하다는 걸 알게 되었다. 그래서 읽기 모임과 별도로 쓰기 모임을 만든 것이다. 책을 읽고 발표하고 토론하는 읽기 모임을 확장한 것이 쓰기 모임이다. 독자 입장에서 읽기 모임에 열심히 참여한 후에, 쓰기 모임에서는 글을 쓰며 나 자신의 내면을 들여다볼 수 있게 되었다. 시선이 확장된 것이다.

쓰기 모임을 진행하면서 다시 책 한 권을 출간했다. 그 뒤 독서모임을 어떻게 활용하느냐에 따라 책쓰기도 충분히 할 수 있다는 걸 알았다. 읽고 쓰기도 중요하다. 하지만 그곳에서 멈출 필요가 없다. 계속 확장하면 책쓰기 모임도 가능해진다.

책쓰기 모임은 독자의 시선을 훌쩍 뛰어넘어 저자로서 독자를 바라보는 시선을 갖게 해준다. 책쓰기를 하면서 생산자의 시선을 가질 수 있다. 그러기에 집단 공간에서 책쓰기를 해보는 것은 가치 있는 일이다. 함께 읽고, 쓰는 것도 힘이 강하지만 책쓰기 모임에서는 그것과 또 다른 차원의 힘을 만날 수 있다.

 독서모임 포인트 26 ·····················

책 출간을 목적으로 하는 글쓰기, 책쓰기라면 어려울 수도 있다. 하지만 출간의 목적보다 더 큰 데 의미를 둔다면 다를 수 있다. '독자의 눈으로만 보던 사고에서 벗어나 저자가 되어보는 것.' 읽기 모임에서 독서습관을 만들고, 쓰기 모임으로 확장해 나를 알아가는 글쓰기를 해보라. 그리고 책쓰기 모임을 하면 독자의 시선이 아닌 저자의 관점으로 다른 것들이 보이기 시작한다.

누구나
작가다

"매일 글을 쓰는 사람이 작가다" 라는 말이 있다. 책쓰기 모임을 통해 꾸준히 글을 쓴다면 누구나 작가가 될 수 있다는 말이다. 한 주제를 가지고 깊이 들여다보며 독자를 향해 글을 쓰는 것만으로도 충분히 가치가 있는 일이다. 독서모임의 확장을 통해 자신의 창조물을 만드는 책쓰기까지 할 수 있다. 모임에서 내 책을 쓴다는 것은 두근두근 떨리는 일이다.

●○ 더불어 책쓰기

책쓰기를 하다 보면 평소에는 하기 힘들 정도로 깊은 사색을 하게 된다. 글을 쓰는 동안 계속 그 주제에 대해 몰입해 있기 때문이다. 거기에 더해 자신의 주장을 독자에게 전달하기 위해 객관적 사고도 해야 한다. 이 점이 처음에는 힘들었다. 독자 입장에서만 바라보다 저자 입장에서 글을 써보는 게 혼란스럽기도 했다. 하지만 책쓰기 모임 참여 횟수가 늘어날수록 나도 모르게 저자의 관점이 자연스럽게 생겨나고 있었다.

혼자서 하면 어렵다. 그러나 모임에서 더불어 함께 글을 쓰면 서로 어려움을 해결해주면서 할 수 있다. 그런 점에서 책쓰기 모임에는 좋은 점이 많다. 그중에서도 두 가지만 고른다면 서로 배우고 가르치며 책쓰기를 할 수 있다는 점과, 저자와 독자를 동시에 경험할 수 있다는 점을 들 수 있다. 덕분에 책쓰기 모임에서는 서로 많은 영감을 주고받을 수 있다. 내가 생각해보지 못한 것들을 불쑥불쑥 말해주는 사람들을 통해 새로운 글감이 생기기도 한다. 여럿이 이야기를 하다 보면 개구리가 어디로 뛸 줄 모르는 것처럼 기발한 생각이 떠오를 때도 있다.

모임 안에서 책을 쓴다는 건 새로운 만남과도 같다. 주제를 정하지도 않고 책쓰기를 시작하는 사람이 많다. 당연한 일이다. 한 번도 책쓰기를 해보지 않은 사람들이 대부분이기 때문이다. 그런데도 서로에게 영향을 주며 함께 쓰는 것은 큰 힘이 된다. 더불어 쓴다는 것 자체가 매력이 있다.

●○ 함께 또는 혼자 책쓰기

책을 쓰는 방법에는 여러 가지가 있다. 혼자 쓸 수도 있고, 함께 공저로 쓸 수도 있다. 공통된 주제가 있다면 여럿이 모여 한 권의 책을 쓰는 것도 괜찮은 방법이다. 다만 경험이 어느 정도 풍부해야 한다는 전제조건이 있기에 누구나 하기는 힘들다.

혼자 쓰는 것은 누구나 시작하기 무난하다. 자신만의 속도로 글을 쓸 수도 있다. 책쓰기 모임이 끝난 뒤에도 원고는 자신의 속도로 계속 쓰면 된다. 이때 꼭 필요한 것이 '열망'과 '자세'다.

첫째, 열망.

내가 얼마나 책쓰기를 열망하고 있는가? 글쓰는 기술과 요령보다 하고 싶은 열망의 크기가 더 중요하다. 나머지는 모임에서 함께 쓰는 사람들에게 배우고 익히면 된다.

둘째, 자세.

《논어》에 "애태우지 않으면 알려주지 않는다"라는 말이 있다. 모임을 통해 모르는 것은 배우며 하겠다는 자세가 그 어떤 것보다 강력한 도구다.

책쓰기 모임에 참여하는 사람이 '열망과 배우려는 자세' 이 두 가지를 가지고 있다면 공저를 하든 혼자 원고를 쓰든 충분히 책쓰기를 할 수 있다.

●○ 누구나 작가다

책쓰기 모임에서 글을 쓰는 동안에는 누구나 작가다. 글을 쓰는 순간 저자의 입장에서 독자를 향한 글을 쓰고 있기 때문이다. 모임에 참여하는 사람들은 함께 책쓰기를 하는 것만으로도 많은 변화를 느낀다. 책을 읽거나 글을 쓸 때와 다르게 책쓰기는 자신의 생각과 경험을 통해 주제를 만들어야 하고, 독자가 그것을 읽게 만들어야 한다. 평범하게만 쓰던 글에 비범함이 들어가야 한다. 그러기에 생각해보지 않았던 상상력도 필요하다. 이런 사고를 하며 꾸준히 모임을 통해 글을 쓴다면 누구나 작가의 눈으로 생각하게 된다. 쓰는 동안 누구나 작가가 되어보는 것이다. 책쓰기는 분명 이제까지 자신이 알지 못한 여러 시선을 알게 해준다. 송숙희 작가는《책쓰기의 모든 것》에서 책을 읽는 방법에 대해 이렇게 이야기한다.

"나는 같은 책을 적어도 서너 번은 읽는다. 처음엔 순전한 독자로서 읽고, 그다음부터는 저자로서, 책쓰기 코치로서, 출판 프로듀서로서 각각 읽는다. 그러므로 처음엔 내용에 빠져 있고 그다음부터는 책을 일일이 분석해가며 읽는다. 어떠한 콘셉트를 어떤 방식으로 풀어냈는지, 설득력을 위해 어떤 사례나 에피소드를 사용했는지, 은유의 방식은 어떠한지 뜯어보며 읽는다."

책쓰기를 하게 되면 송숙희 작가처럼 다양한 관점까지는 어렵겠지만, 독자로서만 읽던 패턴이 달라지는 건 사실이다. 독자가 아닌 작가로서 오히려 '독자는 어떻게 생각할까?' 생각하며 책을 관찰하게 된다.

독자를 향한 시선을 배우는 것만으로도 글쓰는 게 달라진다. 내 글을 독자가 읽는다고 생각하며 쓰기 때문에 책을 읽을 때도 독자로서만이 아닌 저자 입장으로 보는 연습을 하게 된다. '이 책의 제목은 왜 이렇게 만들었을까?' '목차 전개를 나라면 어떻게 했을까?' 등등 적극적으로 저자의 입장에서 분석하게 된다.

독자가 아닌 저자의 사고를 갖는 것. 책쓰기를 하면 자연스럽게 알게 된다. 작가의 세계를 알아가고 여러 사람과 함께 모임을 통해 책쓰기를 하는 것은 새롭고 즐거운 일이다. 조금 미숙하더라도 충분히 가치가 있고 자신이 확장되어 가는 것을 알 수 있다.

가장 중요한 건, 책쓰기를 하는 동안 누구나 작가가 되어볼 수 있다는 점이다.

 독서모임 포인트 27 ·······························

책쓰기 모임을 통해 꾸준히 글을 쓴다면 누구나 작가가 될 수 있다. 혼자서 하면 어렵다. 그러나 모임에서 더불어 함께 글을 쓰면 수월하게 진행이 된다. 서로 배우고 가르치며 책쓰기를 할 수 있으며, 저자와 독자를 동시에 경험하는 책쓰기를 할 수 있게 된다. 더불어 쓴다는 것은 아주 매력있는 일이다. 책쓰기 모임에서 글을 쓰는 동안에는 누구나 작가다.

우리는 독서모임에서 읽기, 쓰기, 책쓰기를 합니다

우리는
독서모임에서
책도 쓴다

책쓰기는 읽기와 쓰기의 기초체력이 뒷받침되어 있어야 한다. 삼독모임을 큰 카테고리로 나눌 때 기준점은 '시선'이었다. 책쓰기는 시선이 독자를 향한다. 그래서 모임도 될 수 있으면 책 출간 경험이 있는 사람이 만들면 좋다. 진행도 마찬가지다. 책을 출간한 경험이 있거나 없더라도 꾸준히 원고를 쓰고 있는 사람이 있다면 도움이 된다. 하지만 모임을 기획하고 진행하는 데 있어 경험자가 없다고 포기할 필요는 없다. 책쓰는 목적이 출간에 맞춰져 있다면 모를까 순수하게 책쓰기 자체를 체험하는 모임이라면 굳이 경험자가 필요한 건 아니다.

●○ 우독책

'우독책(우리는 독서모임에서 책도 쓴다).'
현재 진행하고 있는 책쓰기 모임의 이름이다. 우독책은 먼저 그날 책쓰기 범위와 함께 간단한 설명을 하면서 시작된다. 그리고 원고를 쓰고 발표하고 토론하는 시간으로 꾸며진다.

책을 쓴다는 건 자신의 창조물을 만드는 것이다. 만나보지 못한 세상에 한걸음 내딛는 시간이기도 하다. 독서모임에서 책쓰는 모습은 쉽게 찾아보기 어렵다. 또한, 독서모임 안에서도 책을 쓰는 사람은 소수다. 책쓰기 모임이 많이 활성화되었으면 한다.

모임에서 사람들과 함께 책쓰기를 하면 힘이 생긴다. 경험해보면 금방 알 수 있다. 나와 비슷한 사람들이 서로 응원하며 글을 쓰는 것에 노출되는 것만으로도 힘을 얻을 수 있다. 특히 내가 저자가 되어 책을 쓸 때 함께하는 사람들이 독자의 생각을 대신해주는 건 빼놓을 수 없는 장점이다.

●○ 저자와 독자를 동시에 경험하다

'우독책' 진행에 빠지지 않는 것이 있다. 그것은 저자와 독자를 동시에 경험해보는 것이다. 모임에서 이 시간은 회원들에게 축복 그 자체다. 보통 혼자 책을 쓰면 독자의 반응을 알 수 없다. 원고를 완성하고 사람들에게 보여주며 반응을 살필 수는 있겠지만 그것도 제약이 있다. 우리 모임에서는 이런 제약이 없다. 함께 쓴다는 건 서로 소통이 이루어지는 환경에 있다는 뜻이다. 나의 책에 관해 이야기를 할 때 듣는 사람들은 적극적으로 독자가 되어준다. 또 상대가 이야기를 할 때는 나도 독자가 되어준다. 이렇게 저자와 독자를 동시에 경험할 수 있는 책쓰기 모임은 아주 매력적이다.

책쓰기 모임에서 이 두 관점을 경험하는 것은 많은 도움이 된다. 어떤 경우에는 제목도 독자의 시선에서 나온다. 심지어 주제를 정할 때도 내가 미처 생각하지 못한 것을 독자 입장에 있는 회원들이 제시해주는 경우도 있다.

나 또한 책쓰기 모임에서 '저자와 독자를 동시에 경험'하는 시간에 책 제목을 바꾸게 되었다. 주제는 나무와의 소통이었다. 제목을 '나무 언어'라고 지을까 망설이고 있을 때였다. 그런데 독자의 관점에서 말해준 한 회원의 말을 듣고 제목을 바꿨다.

"나무와의 소통이 주제라면 사람들이 말을 통해 소통하는 것처럼 나무와 말로 소통하는 의미가 담겼으면 좋겠어요."

나는 그 의견을 듣고 나서 제목을《나무와 말하다》로 바꿨다. 그리고 그 제목으로 책을 출간했다.

우리 책쓰기 모임에서는 대부분의 회원들이 저자와 독자를 동시에 경험하는 시간을 기다린다. 모임에서 원고를 쓰기도 하지만, 여러 관점에서 이야기를 듣고 얻는 것이 많기 때문이다. 함께 책쓰기를 한다면 이 두 가지 입장을 경험하는 시간을 모임 진행에 꼭 넣어야 한다. 그래야 책쓰기를 극대화하는 효과가 있다.

●○ 가르치면서 배운다

책쓰기 모임은 저자와 독자를 동시에 경험해볼 수 있는 장점 외에도 가르치면서 배울 수 있다는 좋은 점이 있다. 책쓰기를 하면서 내가 알고 있거나 고민이 되는 것을 다른 회원들에게 가르쳐보는 것이다. 특히 원고를 쓰면서 힘든 부분을 어떻게 해야 하는지, 자신의 생각을 서로에게 설명하는 과정을 통해 많이 배운다. **가르치면서 배우는 것만큼 강력한 공부는 없다.** 내가 쓰는 책의 주제를 뽑고, 제목을 정하고, 목차를 구성하는 것을 각자의 관점으로 가르쳐보는 것이다. 참여자이면서 참여자에게 가르치려 하는 행위가 자신의 능력을 최대한 발휘하게 만든다. 모르기 때문에 가르치려 하는 과정에서 그만큼 다양한 책쓰기 방법이 생긴다. 서로 가르치며 배운다는 교학상장(教學相長)을 책쓰기 모임에선 더 적극적으로 활용해야 한다.

참여자 중 어떤 주제로 써야 하는지 몰라 힘들어하는 사람이 있었다. 아무리 쓰고 싶어도 주제가 없다면 책쓰기는 할 수 없다. 그래서 만담을 해보라고 말해주었다. 자신이 말하고 자신이 대답해보는 것이다. 이것을 말로 하지 말고 글로 써보는 것이다.

"넌 뭘 쓰고 싶은 거니?"

"뭘 쓰고 싶긴. 살면서 경험한 거나 깨달은 걸 써야지."

"그래서 경험이나 깨달은 게 있니?"

"글쎄, 한 번 찾아봐야겠다. 뭐가 있을까? 직장, 여행….”

시간이 날 때마다 계속 종이에 생각을 나열해보는 것이다. 자신이 해보지 않은 방법으로 쓰고 싶은 주제를 찾는 것에 대해 가르쳐보는 것. 그리고 그것을 해봄으로써 자신 앞에 막혀 있던 벽을 무너뜨리는 효과도 보게 된다.

그런데 한 가지, 순서가 바뀌면 책쓰기가 고난이 될 수도 있다. 모임 자체를 즐기면서 책쓰기를 하다 보면 부수적인 결과로 책을 출간할 수 있는 것이지, 반대로 출간에 목적을 두면 안 된다. 그렇게 되면 모든 관심이 책 출간에 맞춰지게 되고 함께하는 사람들과의 소통도 단절될 수 있다.

배움을 주고받는 곳. 순수하게 책쓰기를 하는 곳. 이런 태도로 책쓰기 모임에 참여할 때 함께 진정한 책쓰기를 시작할 수 있다.

 독서모임 포인트 28 ·······················

읽기와 쓰기의 기초체력이 뒷받침되어 있으면 이제 책쓰기가 가능해진다. 모임에서 사람들과 함께 책쓰기를 하면 힘이 생긴다. 경험해보면 금방 알 수 있다. 나와 비슷한 사람들이 서로 응원하며 글을 쓰는 것에 노출되는 것만으로 힘을 얻을 수 있다. 특히 내가 저자가 되어 책을 쓸 때 함께하는 사람들이 독자의 생각을 대신해주는 건 빼놓을 수 없는 장점이다. 서로 가르치면서 배우는 과정을 통해 자연스레 저자가 되어 책을 쓸 수 있게 된다.

모임
기간을
정한다

책쓰기는 기간을 정하는 것이 좋다. 읽기나 쓰기는 계속 반복되는 패턴으로 진행할 수 있지만 책쓰기는 다르다. 한 주제로 한 권의 책을 완성하는 것이기 때문이다.

책쓰기는 큰 틀에서 보면 주제를 정하고, 제목과 목차를 구상하고, 머리말과 본문을 쓰는 과정으로 진행된다. 각자 원고를 쓰는 속도를 맞출 수는 없지만, 미리 정한 패턴으로 모임을 이끌어야 한다. 기간은 경험상 짧게는 2~3개월 정도, 아무리 길어도 6개월 이하로 해야 한다. 더 길어지면 원고를 완성하고 못하고의 문제가 아니라 회원들 간에 차이가 생겨 모임 진행이 원활하지 않다.

각자 책쓰기의 목적은 다를 수 있다. 순수하게 원고를 완성해보고 싶은 사람도 있고, 출간까지 염두에 둔 사람도 있다. 목적이 무엇이든 책쓰기는 기간을 정하고 진행되어야 한다.

내가 진행하는 모임에서는 보통 두 달 정도 쓴다. 매주 한 번 정해진 요일에 책쓰는 진도를 세부적으로 만든다.

예를 들면 '어떤 주제에 관해 쓸 것인가?' 모임 진행자가 책쓰기 주제에 대한 내용을 간략한 설명한다. 그리고 참여자들이 한 명씩 돌아가며 그에 관련된 내용을 주어진 시간에 발표하고 토론을 한다. 그리고 각자 다음 모임에서 원고를 작성해본다.

만약 주제에 대해 진행을 했다면, 다음 모임까지 보완을 해본다. 그리고 모임의 '저자와 독자를 동시에 경험'하는 시간에 발표하고 의견을 들어본다. 주제에 대해 한 번만 할 것인지? 아니면 시간을 더 할애할 것인지는 진행하며 판단한다. 이러한 패턴으로 정해진 기간과 시간에 진도를 나간다.

읽기나 쓰기 모임이 패턴이 같은데 비해 책쓰기는 매번 다르다. 그러나 큰 틀(주제 → 제목 → 목차 → 머리말 → 본문)을 정하면 나머지 진행은 다른 두 모임과 비슷하다. 다만 두 모임과 다른 것은 그날그날 큰 틀의 범위가 달라진다는 점이다.

책쓰기 모임에서 또 다른 고민이 하나 있다. 책쓰기 기간도 정했고 계획한 대로 진행하면 되지만 원고를 쓰는 진도는 참여자 모두가 다르기 때문이다. 거기에 더해 어떤 참여자는 전 책쓰기 모임에서부터 원고를 쓰며 다시 듣는 사람도 있고, 이제 처음 시작하는 사람도 있다. 중요한 건 모임 진행은 계획한 대로 하고 정해진 기간에 마친다는 것이다.

●○ 원고 완성은 진행의 기준이 아니다

본문을 쓰는 데는 시간이 많이 걸리기 때문에 책쓰기 모임이 두 달 정도로 정해졌다면 그 기간 안에 완성하기가 쉽지는 않다. 중요한 것은 함께 기획한 일정을 모두 소화해보는 것이다. 그것만으로도 함께 쓰는 작업의 힘을 느낄 수 있다.

책쓰기 모임은 다음 모임에 다시 참여할 수 있다는 유연성이 있다. 한 번의 참여로 원고를 완성하지 못했다면 그 주제로 반복해서 들으면 된다. 원고를 완성하는 기간은 개인마다 천차만별이다. 몇 달 만에 완성하기도 하고, 1년이 넘을 수도 있다. 그래서 더더욱 책쓰기 모임은 기간을 정해야 한다.

책쓰기 모임은 반복이 아닌 단계에 따라 모임을 진행해야 한다. 원고를 완성하지 못하더라도 정해진 기간에 전체과정을 한 번 마무리해보는 것이 중요하다. 길게 보고 반복 참여를 해도 좋으며, 그러면서 원고작업은 자신의 속도로 계속 쓰면 된다.

다음 모임 때 다시 참석해서 진행 흐름과 연결해 원고를 쓰면 된다. 만약 나는 본문 내용을 쓰고 있는데, 다시 참여한 책쓰기 모임은 목차를 진행하는 시간이라고 해보자. 그때는 내가 만든 목차를 다시 살펴보는 기회로 만들어야 한다.

모임은 모임대로, 자신의 원고는 원고대로 계속 쓰면 된다.

지금 내가 진행하고 있는 책쓰기 모임도 마찬가지다. 기수를 나

우리는 독서모임에서 읽기, 쓰기, 책쓰기를 합니다

누어서 하지만 전에 참여했던 사람들이 다시 참여하는 경우가 많다. 다시 반복하며 책쓰기 과정을 들을 수 있고, 원고쓰기는 따로 하면서 계속 책쓰기를 진행해나갈 수 있다.

참여자 중 한 명은 책쓰기 모임에 두 기수 반복 참여한 뒤 원고를 마무리하고 출판사와 계약을 했다. 그의 말에 따르면 첫 번째 모임 때 원고를 쓰면서 떠오르지 않았던 것이, 두 번째 모임을 통해 도움이 되었다고 한다. 특히, 첫 번째와 두 번째 모임에 참여한 사람들이 달라지면서 다른 의견을 들은 게 좋았다고 한다.

모임 기간을 정하는 것은 재량이다. 다만 참여하는 사람들의 여건에 따라 짧지도 길지도 않은 적당한 기간으로 잡는 게 좋다. 그리고 기간이 한번 정해지면 그대로 따르도록 한다.

만약 책쓰기 모임을 매주 진행하면서 주제를 뽑고, 제목, 목차 등의 기간을 분배해놓았다고 가정하자. 이때 특별한 사정이 생기지 않는 한 기간은 철저히 지켜야 한다. 한 명이 급한 일로 모임에 참여하지 못하더라도 그 사람을 위해 계획을 바꿀 수는 없다.

●○ 경쟁이 아닌 나만의 속도

똑같은 속도로 책쓰기를 할 수는 없다. 그렇다고 해서 모임진행과 계획을 각각의 회원들에게 맞출 수는 없다. 현실적으로 그럴 수도 없다. 이 부분은 서로 인정하며 모임을 해야 한다. 읽기나 쓰기 모임처럼 반복으로 이루어지지 않는다는 것을 다시 명심해야 한다. **책쓰기는 긴 호흡으로 가야 한다.** 함께하는 누군가는 나보다 빠르게 원고를 완성할 수도 있다. 어떤 책을 쓰느냐에 따라서도 다를 것이다. 중요한 것은 함께 책을 쓰는 과정은 경쟁이 아니라는 점이다. 독서모임에 없는 것 중 하나가 바로 경쟁이다. 간혹 이것을 착각해 남들보다 많이 읽어야 하고 많이 써야 한다는 생각을 하는 사람이 있다. 남들이 읽은 책은 될 수 있는 대로 다 읽어보려 하고, 자신이 읽은 책은 남들이 읽어보지 않은 책이길 바란다. 이러한 경쟁심리를 가진 사람은 독서모임 안에서도 잘난 사람이 되고 싶어 한다. 그곳에 참석한 사람보다 조금이라도 더 나아 보이고, 앞서가고 싶어 한다. 이런 행동들은 독서모임이란 공간에서는 의미가 없다. 독서모임은 '함께' '더불어' '집단'이란 공간에서 읽고, 쓰고, 책쓰기를 하는 곳이다. 이곳에서 경쟁은 아무 의미가 없다. 책쓰기 모임에 가끔 남보다 뒤처지는 건 아닌지 고민하며 모임을 포기하는 사람도 있다. 자신에게 책쓰기가 벅차 그만두는 것은 이해가 간다. 그러나 경쟁 때문에 힘들다면 오히려 참여하지 않는 것이 좋다. 반대로 그런 마음을 고치러 나온다면 더 큰 배움의 장소가 될 수 있다.

'경쟁'은 책쓰기 모임뿐 아니라 읽기, 쓰기 모임에서도 필요 없는 말이다. 책을 쓰는 속도는 한 사람 한 사람 모두 다르다. 그리고 그 다름 속에서 자신의 속도에 맞춰가야 한다. 함께하는 사람들이 모두 원고를 완성했다 해도 자신의 속도로 써야 한다.

경쟁의 시선을 가진 사람은 100m 달리기를 통해 결승점에 들어온 순서대로 등수가 정해진다고 생각한다. 그러나 달리기 선수는 100m뿐 아니라 200m, 400m 종목마다 다 다르다. 마라톤 경주를 하는 선수도 있다. 책쓰기도 마찬가지다. 빠르고 늦음은 중요하지 않다. 그보다는 완성도가 중요하다. 원고의 완성도에 대한 기준도 각자 다르다. 그러므로 책쓰기는 서로 눈치 볼 것도 없고 경쟁하려 해도 의미가 없다.

조급함과 경쟁에 대해서 길게 설명하는 이유는 누구나 이 함정에 빠질 수 있기 때문이다. 특히 책쓰기는 긴 시간이 필요하므로 조급한 마음을 가질수록 힘들어진다.

 독서모임 포인트 29 ·········

회원들마다 각자 원고를 쓰는 속도는 다르지만 책쓰기 모임 기간은 짧게는 2~3개월, 아무리 길어도 6개월 이하로 해야 효과적이다. 책쓰기 모임은 1년이고 2년이고 꾸준히 반복할 수 있는 읽기나 쓰기 모임과는 성격이 다르다. 두 모임은 계속 반복되는 과정을 통해 시간이 흐를수록 쌓이는 퇴적암 같지만 책쓰기 모임은 다르다. '주제 → 제목 → 목차 → 머리말 → 본문'을 쓰는 큰 틀에 따라 일정 기간 내에 써내는 것이 좋다. 원고를 완성하지 못해도 책쓰기는 전체과정을 한 번 마무리해보는 경험이 중요하다.

책쓰기
순서

책쓰기 모임 기획에는 패턴이 존재한다. 기간도 정해져야 한다. 현재 내가 진행하고 있는 책쓰기 모임에서는 책쓰는 순서를 크게 5가지로 나누고 있다. 큰 덩어리로 나눈 것은 대부분 책쓰는 순서이기도 하다. 기간도 이 5가지를 내용을 얼마나 늘리고 줄이느냐에 따라 결정된다. 참여자들도 알아야 하지만 모임 운영자라면 이 기준을 잘 이용하기 바란다.

●○ 1. 주제 정하기

책쓰기를 하려면 첫 번째 필요한 것이 '내가 무엇을 쓸 것인가?'이다. 주제를 어떻게 잡을지 너무 막연하다면 모임에서 함께 이야기하며 찾는 것도 하나의 방법이다.

우리 책쓰기 모임에서는 주제를 못 찾은 참여자를 위해 짧게라도 함께 나눔을 갖는다. 특히, 내 이야기를 사람들에게 해보는 가운데 주제가 불거져 나오는 경우가 많다. 질문을 통해서 찾을 수도 있다. 주제는 자신이 찾아야 하지만 회원들과 소통하면서 찾기도 하고 영감을 받기도 한다. 이렇듯 집단에서 책쓰는 장점을 최대한 살리며 주제를 찾아본다.

주제를 찾은 사람은 다음 단계로 넘어가면 된다. 문제는 주제를 찾지 못한 사람이다. 여기서부터 책쓰기 모임이 혼란스러워질 수 있다. 그러나 걱정할 것 없다. 찾지 못한 사람은 계속 주제를 만들면서 다음 단계로 진행이 넘어가도 그것을 경험하며 작업을 하면 된다. 간혹 책쓰기 모임 기간이 끝날 때까지 주제를 정하지 못하는 사람도 있다. 누구나 그럴 수 있다. 그러나 여기서 포기하지 말고, 다음 책쓰기 모임에 참가해서 다시 도전하면 된다. 책쓰기를 할 때 이 정도의 도전의식을 가진다면 그것만으로 배우는 게 많을 것이다.

●◦ 2. 제목 만들기

주제가 정해지면 제목을 만들어본다. 이 시간부터는 모임에서 빠지지 않고 갖는 시간이 있다. 혼자 책을 쓰는 것과 가장 차별화된 책쓰기 모임의 핵심이고 백미다. '저자와 독자를 동시에 경험해보는' 이 시간에 발표하는 사람은 철저하게 저자의 생각에서 말하고, 반대로 발표를 듣는 사람은 철저하게 독자의 관점에서 이야기한다. 이때 주의할 점이 있다. 독자의 입장에서 말하는 것이지, 토론하는 게 아니다. 그저 각자 독자로서 할 말을 전달하면 그뿐이다. 저자 입장도 마찬가지다. 한 사람 한 사람의 독자 의견을 받아들이고 판단도 자신이 하는 것이다.

'왜 토론이 아니고 일방적 의견을 말하는가?'

이유가 있다. 책쓰기는 읽기나 쓰기와 다르기 때문이다. 토론은 다양한 의견을 서로 주고받는다. 그러나 책쓰기는 독자를 향해 쓰는 저자의 창작물이다. 그러기에 독자들의 다양한 견해를 들을 순 있지만, 판단은 저자의 몫이다.

만약 독자 입장인 사람들이 서로 토론을 펼치면 저자로서의 의미는 약해지고 '저자와 독자를 동시에 경험'하는 진행시간이 필요 없어지게 된다. 한 회원이 독자 관점에서 말할 때, 또 다른 독자 입장인 회원이 그에 관해 의견을 말하는 경우가 가끔 있다. 자제해야 할 부분이다. 저자 입장에서 독자들 각자의 목소리를 다양하게 듣는 게 중요하지, 그들의 합의된 이야기를 듣고자 하는 게 아니기 때문이다.

모임에서 한 분이 '유언'이란 주제로 임시제목을 〈인생의 절반에서 돌아본 유언〉이라고 정했다. 저자는 유언이란 단어를 통해 자신이 살아온 날, 살아갈 날을 더 선명하게 다듬어보고 싶다고 했다. 이때 독자가 된 회원을 가정해보자.

독자 입장인 A가 "유언이란 단어가 너무 무겁게 다가와 다른 표

우리는 독서모임에서 읽기, 쓰기, 책쓰기를 합니다

현으로 했으면 좋겠다"라고 말했다. 이에 대하여 다른 독자 입장인 B가 "유언을 빼버리면 자신이 생각하는 주제를 표현하는 것과 멀어지므로 안 된다"라고 말했다. 이렇게 A와 B 간에 이견을 좁히고 토론하려는 것을 경계해야 한다. 아니, 하지 말아야 한다. A와 B의 의견을 받아들이는 것은 순전히 원고를 쓰는 저자의 몫이다. 자신의 창조물을 어떻게 전개할지, 독자층을 어떻게 할지 결정은 저자만이 할 수 있다. 그러기에 독자 한 사람 한 사람의 다양한 입장에서 주제나 제목을 어떻게 생각하는지 들어보는 것. 이것이 더 중요하다.

제목을 만들 때는 다른 시간보다 더 재미있다. 각자 톡톡 튀는 아이디어도 많이 나온다. 각자 처한 관점에서 말해주기 때문에 독자 입장에서 황당한 제목을 말해주기도 해서 자주 웃게 된다.

●○ **3. 목차 만들기**

책을 쓰기 위해서는 주제가 있어야 하고, 주제에 연관된 많은 분량의 글이 필요하다. 책쓰기는 집을 짓는 것과 비슷하다. 집을 지을 때 설계도가 필요한 것처럼, 책쓰기에는 글을 쓰다 길을 잃지 않도록 목차가 필요하다.

목차를 만들면서 주제에 대해 자신이 무엇을 쓸 것인지 생각을 정리할 수 있고, 작성하면서 현재 자신이 잡은 주제에 대해 어느 정도 책쓰기를 할 수 있는지 가늠할 수 있다. 책쓰기 모임을 하면 목차를 만드는 것에서 가장 많이 차이가 난다.

단번에 만드는 사람이 있는가 하면 책쓰기 기간 내내 고민을 하기도 한다. 왜 아니겠는가? 아무리 주제가 정해지고 제목이 정해졌다고 해도 대부분은 책쓰기를 처음 해보는 사람들이다. 그런데 여기서도 욕심이 앞서는 사람들은 마음이 급해지고 힘들어한다. 특히 자신의 이름으로 된 책을 출판해야 한다는 각오를 가진 사람은 더 그렇다.

책쓰기를 통해 저자의 관점을 가져보는 것, 읽기와 쓰기에서 또 다른 확장된 세계를 만나보는 것에 의미를 두고 책쓰기를 하면 그 나름 재미있는 작업이 될 수 있다. 그러나 출간만을 목표로 하는 사람은 책쓰기 모임이 어려울 수 있다. 몇 번의 반복 참여를 통해 자신의 책쓰기 실력을 향상하려는 것보다 단번에 목표를 달성하려고만 매달리기 때문이다.

목차 만들기는 가장 생소한 작업일 수도 있으나 만드는 방법은 다양하다. 참여자들이 기발한 방법을 소개하기도 한다. 단순함이 복잡함을 이긴다고 무조건 주제와 관련돼 떠오르는 소목차를 계속 메모해보는 분도 있다. 적다가 도저히 쓸 것이 없을 때까지 해보고 다시 그것을 가지고 비슷한 내용끼리 묶어 대목차를 만들어 목차를 만들어보는 사람도 있다. 또 다른 방식도 있다. 대목차만 적고 본문을 써가며 무조건 나열한 사람과 반대로 소목차를 만드는 사람도 있다. 목차를 만드는 게 힘든 사람은 그것도 무시하고 생각나는 대로 본문을 써가며 목차를 만들어도 된다. 어느 것이 정도이고 좋은 방법인지 효율성을 따질 필요는 없다. 내 경험상 목차를 어느 정도 완성하고 원고를 쓰는 게 편하기는 하다. 그러나 어느 방법으로 만들든 시행착오를 겪으며 반복하면서 실력을 쌓아가면 된다. 점점 더 나아질 수 있기 때문이다.

●○ 4. 머리말 써보기

목차가 엉성하게라도 만들어졌거나 만들고 있어도 머리말(서문)을 쓰는 시간에는 대부분 참가자가 참여한다. 머리말은 자신이 쓸 책을 소개하는 초대장이다. 이 책을 쓴 이유나 책 내용에 무엇을 적었는가 등 독자를 초대하는 글이다.
이 시간에는 일단 노트북이나 노트에 책 머리말을 써본다. 그리고 그것을 서로 소리 내서 한 명씩 읽고 거기에 대해 듣는 사람들이 개별적으로 의견을 말해주면 된다.

●○ 5. 본문 써보기

책쓰기 진행에서 앞에 주제, 제목, 목차, 머리말을 작성하는 시간 뒤에 나머지는 본문 쓰기로 채워진다. 그러기에 책쓰기 모임이 두 달이든 석 달이든 아니면 반년이든 상관없다. 다만 함께 책쓰기를 하는 맛을 살리기 위해선 너무 지루하다는 느낌이 들지 않을 정도로 기간을 정하는 것이 좋다.

원고가 완성되면 출간을 할 것인지 자신이 소장할 것인지에 대해서는 각자 판단하기 바란다. 책쓰기 모임은 원고 완성까지를 이야기하고 싶다. 책쓰기 모임을 올바르게 활용하려면 '반복'에 중점을 두었으면 좋겠다. 원고를 완성하지 못했다면 책쓰기 모임 기간이 끝나고 다시 반복 참여하는 패턴을 이용하는 것도 좋은 방법이다. 조금 긴 안목으로 책쓰기 모임을 활용한다면 좋은 결과를 얻을 수 있을 것이다.

 독서모임 포인트 30 ·······················

책을 쓰려면 먼저 주제를 정해야 한다. 그리고 제목을 정한 후에는 목차를 써보고 머리말과 본문을 본격적으로 써나간다. 책쓰기는 집을 짓는 것과 비슷하다. 설계도 없이 집을 짓기 어려운 것처럼 목차를 만들면서 주제에 대해 자신이 무엇을 쓸 것인지 생각을 정리해보는 것이 좋다. 머리말에서는 이 책을 쓴 이유와 책 내용에 무엇을 담았는지를 쓰면서 자신의 책을 독자에게 소개한다.

우리는 독서모임에서 읽기, 쓰기, 책쓰기를 합니다

매일
한 장을 쓰는
습관

원고를 쓰기 위해서는 오랜 시간 한 주제에 몰입하게 된다. 천천히 오래 몰입하는 법을 알려주는 황농문 교수의 《몰입》을 읽으면 도움이 된다. 또 하나, 많은 분량의 원고를 꾸준히 쓰려면 게리 켈러, 제이 파파산이 쓴 《원씽》을 읽어도 도움이 된다. 원고를 완성하기 위한 '단 하나'는 무엇일까? 최우선으로 해야 하는 첫 번째 행동은 무엇일까? 책쓰기에서 그 첫 번째 행동은 매일 글을 쓰는 것이다.

●○ 매일 글을 써야 한다

책쓰기 모임을 할 때 기본은 매일 글을 써야 한다. 모임에서 글을 쓰는 순간, 모두 저자가 된다. '작가란 매일 글을 쓰는 사람'이라는 말이 있다. 책쓰기 모임을 시작해서 마지막까지 꼭 해야하는 한 가지는 이것이다. '매일 글을 써야 한다.'

책을 쓰는 기간은 최소 2~3달에서 길게는 1년 이상 걸린다. 이 긴 시간에 글을 쓰는 것만으로도 쉬운 일은 아니다. 헤밍웨이는 《노인과 바다》 원고를 29번 이상 고쳐 쓰며 책을 완성했다고 한다. 그의 엄청난 노력을 흉내내자는 것은 아니다.

책쓰기 모임에서는 원고를 완성해보는 것을 첫 번째 목표로 삼는다. 쉬운 일은 아니지만 걱정할 것도 없다. 방법은 누구나 알고 있다. 다만 실천이 어려울 뿐이다.

낯선 책쓰기 과정에서 해야 하는 일은 매일 글을 쓰는 것이다. 이 방법을 사용하지 않고는 책을 완성할 수 없다. 그러기에 매일 글을 써야 한다. 단 몇 줄이어도 좋고, 몇 장이어도 좋다. 쓰는 주제와 명확한 연관이 없다 해도 매일 글을 써야 한다. 주제에 벗어나는 경우가 있더라도 써야 한다. 미련할 만큼 단순한 행동이 원고를 완성하는 유일한 방법이다.

●○ 매일 한 장을 채워라

책쓰는 작업을 애 낳는 고통에 비유하는 것을 보면 분명 쉬운 일은 아니다. 처음에 비장한 각오를 하며 글을 쓰지만, 용두사미로 끝나는 경우가 허다하다. 이를 해결하는 방법으로 《원씽》에서 설명한 도미노 이론을 응용하면 좋다. 책에서는 도미노 이론을, "첫 도미노가 쓰러지면 그 크기보다 1.5배 크기의 두 번째 도미노를 쓰러뜨릴 수 있다는 것이다. 이렇게 연쇄적으로 쓰러뜨리면 에베레스트도 넘어뜨릴 수 있다는 원리다. 그렇기에 에베레스트 크기를 넘어뜨릴 수 있는 첫 번째 도미노를 찾으면 그 일이 쉬워질 수 있다."라고 설명하고 있다.

그렇다면 책쓰기의 첫 번째 도미노는 어떤 것일까? 위에서 말한 것과 같다. '매일 A4 한 장 이상 글을 쓰는 것.'

나는 이것이 책쓰기를 하는 첫 번째 도미노라고 서슴없이 말한다. 무의식적으로라도 써야 한다. 이 행동이 습관이 되고 매일매일 쓰다 보면 원고도 마감할 수 있다.

모임에 참여하여 쓸 주제를 정하고 나면 모든 일에 앞서 첫 번째로 해야 하는 것, 즉 매일 한 장 이상의 글을 쓰는 것에 집중한다. 그날 쓰는 글이 설령 주제와 벗어난다 해도 쓴다. 주제에 관련한 게 생각날 때만 쓰려 하면 안 된다. 오히려 쓰다 보면 주제와 더 가까워진다. 모두가, 직장에 다니면서 육아하면서 공부하면서 현재 각자 하는 일에서 짬을 내서 써야 하는 입장이다. 그러므로 더더욱 적은 분량이라도 처음에는 쓰는 것 자체에 의미를 두고 습관을 만들어야 한다.

쓰는 양이 많아지면 결국 질로 바뀐다. 매일 억지로라도 써야 한다. 원고를 완성한 사람은 모두 이 과정을 지킨 사람이다.

전업작가도 일필휘지로 책을 쓰기 쉽지 않다. 더구나 모임에서 원고를 쓰는 사람들은 더 힘들다. 그러니 곰처럼 매일 한 장 이상을 채우다 보면 초고 원고를 완성하게 된다. 누구나 알고 있는 사실이지만 누구나 행동으로 옮기지는 못한다. 몇 개월에서 1년 가까이 꾸준히 매일 일상에서 실천하기란 어려운 일이다.

우리가 머리로 이해한다고 생각하는 것과 체험을 통해 아는 것은 별개의 문제다. 머리로만 아는 것은 현실에서 확신의 강도가 적다. 그러나 몸으로 체험하고 경험한 것은 눈으로 원고를 직접 확인할 수 있다. 설명이 아닌 매일매일 경험을 통해 각인되는 것이다. 나 또한 책쓰기 모임을 통해 가장 많이 배웠다. 행(行)하면서 배우고 이해하는 것보다 더 확실한 방법은 없다.

주제와 동떨어진 내용이더라도 매일 쓰는 게 중요하다. 정해진 시간에 쓰면 효과가 더 크다. 이 원칙을 지키지 않고, 글을 쓰고 싶을 때만 써서 원고를 완성한 사람은 아직까지 보지 못했다. 작은 분량이라도 꾸준히 매일 쓰는 사람은 모임에도 꾸준히 나온다. 느린 것 같지만 매일 조금씩 거북이가 기어가는 것처럼 쓰다 보면 자신도 모르게 원고를 완성할 수 있다. 매일 글을 쓰는 방법 말고 더 좋은 것은 아직 찾지 못했다.

책쓰기와 글쓰기 관련 책을 백 권 이상 읽어도 매일 글을 쓰지 않는다면 원고를 완성할 수 없다. 그 어떤 기교를 배운다 해도 책은 완성되지 않는다. 매일 한 장의 종이를 채우는 일이 어렵더라도 모임에서 서로 격려하고 응원하며 함께 써야 한다. 책쓰기 모임을 통해 원고를 쓴 사람들이 한목소리로 말하는 게 있다.

"혼자라면 아마도 못했을 것이다."

맞는 말이다. 혼자라면 쉽지 않다. 하지만 힘든 걸 함께 경험하고 독려해주는 사람이 있다는 자체만으로도 힘이 된다.

'매일 글을 쓰는 사람이 작가다.' 이 말을 반대로 해석하면 '매일 글을 쓰지 않는 사람은 작가가 될 수 없다'라는 말과도 같다. **책쓰기 모임에서는 여우같은 기교보다는 곰같은 우직함이 필요하다.** 꾸준한 참여와 그리고 매일 글을 쓰는 습관, 이 둘의 결과가 원고를 완성할 수 있는 열쇠다. 그러니 오늘도 해야 한다.

'매일 A4 한 장 이상 글을 쓰는 것.'

 독서모임 포인트 31 ·······························

책쓰기 모임을 시작해서 마지막까지 꼭 해야 하는 한 가지는 '매일 글을 써야 한다'는 것이다. 단 몇 줄이어도 좋고, 몇 장이어도 좋다. 쓰는 주제와 명확한 연관이 없다 해도 매일 써야 한다. 쓰다 보면 주제와 더 가까워진다. 쓰는 양이 많아지면 결국 질로 바뀐다. 모임에서 원고를 완성하는 사람은 모두 이 과정을 지킨 사람이다. 책쓰기와 글쓰기 관련 책을 백 권 이상 많이 읽어도 매일 글을 쓰지 않는다면 원고를 완성할 수 없다. 그 어떤 기교를 배운다 해도 책은 완성되지 않는다.

책쓰기
놀이

책쓰기는 분명 일반 글쓰기와 다르다. 무엇을 쓸 것인가, 주제가
정해지지 않으면 책쓰기 자체가 되지 않는다. 주제를 잡은 후 목
차를 구성해야 하는 것도 난관이다. 한 고개를 넘으면 또 다른
고개가 나오니 시작도 못하고 포기하기도 한다. 아무리 더불어
책쓰기가 좋은 것이라 해도 시작도 하지 못한다면 의미가 없다.
그래서 나는 **책쓰기는 발견의 학문**이라고 생각한다.

●○ 놀이처럼 시작하자

처음 읽기 모임을 기획하고 만들 때, 어른들의 독서 놀이터를 만
들자는 게 목적이었다. 아이들이 놀이터에서 뛰어놀 듯 편한 분
위기를 제공하고 싶었다. 모임에 나오고 싶은데 책을 읽는 부담
감 때문에 힘들어하는 사람들이 많았다. 자유롭게 읽기 모임에
나와서 놀다 보면 책을 읽지 말라고 말려도 스스로 읽게 된다.

책쓰기 모임도 마찬가지다. 처음부터 잔뜩 긴장하고 몸에 힘주고 글을 쓸 필요가 없다. 그러나 모임을 즐기는 회원들보다는 힘들어하는 회원들이 더 많은 것은 어쩔 수 없는 현실이다. 생소한 것을 하려니 모든 게 힘들고 어렵게 느껴질 것이다. 그런데 생각을 살짝만 비틀면 오히려 책쓰기도 놀이처럼 할 수 있다.

바로, '적은 분량의 책쓰기'를 해보는 것이다. 처음 참여한 모임에서 연습 삼아 써보고 다음 모임에서 시작해보는 것도 좋은 전략이 될 수 있다. 책쓰기와 조금은 다르지만, 쓰기 모임에서 한 참여자는 노트 한 페이지마다 떠오르는 단어를 적어놓고, 일상생활이나 여행을 하다 떠오르는 생각이 있으면 미리 적어둔 단어가 적힌 페이지에 단상을 적고 있다. 꾸준히 하다 보면 분량이 많아진다. 이렇게 쓰는 것도 재미난 글쓰기 놀이다.

처음부터 잘 쓰려고 욕심내기보다 어떻게 써야 하는지 연습 삼아 경험해보는 것도 좋다. 이때 기존 책 분량의 절반이나 그것도 힘들면 또 절반 정도 분량을 써본다. 한두 번 정도 모임에 참여해 책쓰기를 해보고 원고를 써도 된다.

또 하나, 기존의 책을 참조해 모방해보는 것도 좋은 방법이다. 일단 한 권의 책을 선정했다고 가정하면, 대목차만 가지고 와서 기본 골격으로 잡는다. 여기에 자신의 생각을 추가하거나 기존 책의 대목차를 그대로 사용해도 상관없다. 이 목차를 가지고 얇은 책쓰기를 직접 해보는 것이다. 쓰면서 추가하고 싶은 게 있으면 자신의 생각을 적어본다. 글 한 꼭지의 분량도 그 책의 소목차 분량 정도 흉내를 내보며 써보면 더 좋다. 빠르게 작성하면 일주일 만에도 완성할 수 있고, 늦어도 한 달이면 충분하다.

중요한 것은 책쓰기를 한 번 경험해보는 것이다. 놀이처럼 연습 삼아 책쓰기를 하면서 감각도 익힐 수 있다. 또 자신이 쓸 책 구상이 떠오르기도 한다. 그리고 본격적으로 자신이 쓰고 싶은 주제를 가지고 원고를 써나가면 된다.

●○ 책쓰기, 자체를 즐겨라

책쓰기는 놀이하듯 연습 삼아 할 수 있다. 처음부터 완벽하게 하려고 하면 힘들 수 있다. 책쓰기는 창의력이나 상상력, 기획력을 키워주는 훌륭한 공부법이 될 수도 있다. 미래는 점점 창의적인 인재를 필요로 한다. 어쩌면 책쓰기 모임은 살아있는 상상력과 창의력의 배움터이기도 하다.

책쓰기를 한다는 것은 자신의 창조물을 직접 만드는 작업이다. 책을 읽고, 글을 쓰는 것을 확장해 직접 책을 쓴다는 것은 독서모임에서는 가장 적극적이고 창의적인 배움이다. 도전 자체만으로도 의미가 있다. 책쓰기는 하나의 도구로 이용해도 된다. 꼭 책을 출간하지 않아도 좋다.

지난해 말, 쓰기 모임에서 신년 독서계획을 이야기한 적이 있다.

많은 사람들이 조정래 작가의 책을 읽을 계획을 세웠다. 나 또한 최대한 읽어볼 생각이다. 만약, 책쓰기를 독서의 도구로 쓴다고 가정하면 조정래 작가에 관한 주제로 자신만의 원고를 써도 된다. 독서 노트나 감상, 글쓰기를 결합해 책을 쓰는 것이다. 책쓰기를 하는 것처럼 자신이 알고 싶은 큰 주제를 잡고, 제목을 정하고, 목차를 만들면서 독서를 하는 것이다. 읽은 책이 목차가 될 수도 있고, 아니면 그 책에서 자신이 압축한 것을 쓸 수도 있다. 어떻게 전개하든 상관없다. 꼭 출간만을 위한 틀에 갇힌 책쓰기가 아니라면 훌륭한 도구로 다양하게 이용할 수 있다.

책쓰기는 독서와 글쓰기와 연결되어 있다는 것을 잊지 말아야 한다. 그래서 더더욱 책쓰기에 도전해봐야 한다. 시작이 어렵다면 놀이처럼 즐기면서 조금씩 실력을 늘려가는 방법도 좋다.

 독서모임 포인트 32 ·············

처음 읽기 모임을 기획하고 만들 때, 어른들의 독서 놀이터를 만들자는 게 목적이었다. 자유롭게 읽기 모임에 나와서 놀다 보면 책을 읽지 말라고 말려도 스스로 읽는다. 책쓰기 모임도 마찬가지다. 처음부터 잔뜩 긴장하고 글을 쓸 필요가 없다. 물론, 처음 해보는 일인데 어렵지 않을 수 없다. 이럴 때는 '적은 분량의 책쓰기 놀이'를 해보는 것도 좋다. 무슨 일이든 놀이처럼 접근할 수 있다면 아주 즐겁게 할 수 있다.

'우독책'
모임 풍경

20대 중반, 신규 간호사, 대학병원 중환자실 근무.
모임 회원은 생사를 넘나드는 병원 중환자 병동에서 근무하는 간호사다. 평범한 직업은 아니다. 누군가는 해야 하는 일, 그러나 누구나 할 수 없는 일. 생명을 보살핀다는 가치와 그 속에 고단함이 함께하는 일상이다. 책쓰기를 하면서 자신의 직업에 대해 다시 돌아보는 계기를 삼고, 자신뿐 아니라 동료들, 앞으로 간호사를 꿈꾸는 사람들에게 공감과 희망을 주는 글을 쓰고 싶었다.

●○ 스물여섯, 처음 써보는 책쓰기에서 출간까지

혼자 책쓰기를 했다면 엄두가 나지 않았을 것이고, 모임에서 함께하는 사람이 있어 포기하지 않았다. 근무 시간이 불규칙해서 모임 참여가 쉽지 않았지만 피곤함을 참아가며 열심히 원고를 썼다. 회원이 소수여서 양해를 구하고 시간을 변경하면서까지 두 달을 꾸준히 참여하였다. 쉽지는 않았지만, 함께 글을 쓰는 사람들의 격려가 힘이 되었고, 매일 빠지지 않고 글을 꾸역꾸역 쓰며 원고를 완성할 수 있었다. 글을 쓰며 직업에 대한 의미를 다시 돌아보고 깨닫게 되었다.

원고를 쓸 때 가장 도움이 된 것은 '저자와 독자를 동시에 경험' 하는 시간이었다. 회원들 한 사람 한 사람이 독자가 되어 의견을 말해준 게 특히 도움이 되었다. 저자로서 글을 쓰며 느끼지 못했던 것들을 발견하는 계기도 되었다. 《신규 간호사 안내서》라는 결과물이 나온 것도 좋았다. 하지만 그보다 더 소중한 것을 알았다. 책쓰기는 독자를 향해 쓰는 작업이었다. 나의 책이 한 사람의 독자에게라도 위로와 용기를 줄 수 있으면 좋겠다. 그 생각을 하면 가슴이 떨린다. 책쓰기 모임을 통해 작가의 시선을 가져볼 수 있었던 것이 가장 큰 경험이었다.

●○ 아파트 문화에 '배려'가 필요하다

책쓰기 모임에 두 번 반복 참여하며 원고를 완성했다. 출판사와 계약을 하는 성과도 있었다. 모임을 통해 꾸준함이 제일 중요하다는 것을 다시 한번 느꼈다. 첫 모임에서 원고의 절반을 썼을 때 약간 조급했다. 그러나 두 번째 모임에 참여하며 욕심을 내려놓았고, 원고의 완성도를 높이는 것에 집중했다.

사실 책쓰기를 시작할 때 주제는 미리 생각해둔 게 있었다. 아파트 관리소장으로 15년간 아파트 관리문화를 봐오면서 우리가 사는 공간에 필요한 것들을 공유하고 싶었다. 서로 간에 '배려'가 필요하다는 것이었다.

아파트 하면 이웃과 함께 좋은 동네를 만드는 것에 대한 관심보다 가격이 얼마나 올랐는지에 대해 더 관심이 많다. '사는 곳이 아니라 사는 것'이라는 말이 떠돌 만큼 신규 아파트 분양, 재개발, 재건축 등 재산의 상승에 관심이 더 많다. 이제는 우리가 살아가는 아파트 문화에 대해 한 번쯤 생각해봐야 한다. 특히 관리문화에 관심을 기울여야 한다. 엘리베이터를 함부로 사용하는 사람 때문에 여러 사람이 불편을 겪을 수 있다. 층간소음으로 이웃끼리 얼굴을 붉히기도 한다. 화단에 쓰레기를 버리고 꽃을 마구 꺾는다든지 얌체같이 주차하는 사람이 있으면 많은 사람이 불편을 겪는다.

외국은 100년 넘는 주택도 많다고 한다. 오래된 집이라 불편한 부분이 많지만 잘 관리하면서 세월의 흔적에 자부심을 가지고 살아간다. 외국과 문화는 다르지만, 개발에 아파트 값이 올라가는 것에만 관심을 갖는 우리가 배워야 할 점이다.

아파트 문화에 대해 책쓰기를 하며 모임에서 독자 입장으로 이야기해준 것들이 원고를 쓰는 데 많은 도움이 되었다. 책쓰기를 시작할 때는 직업에 대해 자존감이 부족한 편이었다. 주위에서

탐탁지 않게 보는 시선들에 힘들 때도 있었다. 원고를 완성해가며 아파트 관리문화에 대해 다양하게 생각하고, 관리방법도 깊이 생각할 수 있어서 좋은 시간이었다. 돌이켜 생각해보면 만약 혼자 글을 썼다면 원고를 완성할 수 있었을까? 못했을 것 같다. 함께 책쓰기를 하는 환경이었기에 가능했다.

우리나라 반 이상의 사람들이 아파트란 공간에서 살아가고 있다. 그러기에 더욱더 '배려'가 깃든 아파트 문화를 만들어야 한다. 원고를 쓰다 보니 직업에 대해서 그리고 아파트 문화를 더 깊이 들여다볼 수 있어 좋았다. 거기에 더해 기대하지 않은 출판 계약까지 하게 되어 기쁘다. 꼭 출간하겠다는 마음보다 책쓰기를 통해 아파트 문화에 대해, 직업에 대해 다시 돌아보는 계기로 삼고자 했다. 내 이름으로 된 책까지 나온다는 게 신기하다. 함께 책을 쓰는 것은 생각한 것보다 더 큰 배움을 선사해준다.

 독서모임 포인트 33 ··

대학병원 중환자실에서 근무하는 20대 중반의 간호사 회원은 열심히 모임에 참여하여 《신규 간호사 안내서》라는 책을 출간했고, 15년 넘게 아파트 관리업무에 힘써온 회원은 두 차례 모임에 반복 참여하며 배려하는 아파트 문화에 대한 원고를 완성하고 책 출간 계약을 했다. 두 회원 모두 책을 쓰며 자신의 직업에 대해 더 진지하게 돌아보게 되었고 새로운 힘을 얻었다.

모임에 서서히 물들어가며
책을 출간하다

우리가 자주 하는 말 중 하나.

"내가 그간 겪은 것을 책으로 쓰면 몇 권은 될 거야~."

어려운 일을 겪고 나서는 이런 말을 더더욱 많이 하게 된다. 나 또한
같은 생각을 하고 있었다. 더욱이 내가 다니는 아파트 관리소에는 다
양한 사람들의 사연이 많기에 언젠가는 이들의 살아가는 모습을 책
으로 엮어내고 싶었다. 때마침 독서모임에서 책쓰기 모임이 만들어
져 참여하게 되었다. 처음엔 과연 가능할지 의구심이 가득했었다.

첫 모임은 산행이었다. 산에 오르기 전, 멀리서 산 전체의 모습을 바
라보았다. "책 한 권을 쓴다는 것은 수억 년을 거쳐 만들어진 '산'과
같은 의미"라는 말에 가슴이 쿵쾅거렸다. 우리의 이런 첫 발걸음을
아는지 등산로 입구에서는 나무 식재를 위한 묘목을 나누어주었다.
젖은 흙을 품고 있는 묘목을 담은 비닐봉지는 배낭의 무게보다 더 나
가는 것 같았다. '아마도 생명을 품고 있어 더 귀하고 무거우리라.'

첫 모임에서 책쓰기가 생명을 품고 하나씩 올라가는 과정이라는 사
실을 온몸을 통해 배웠다. 두 번째 모임부터는 한 번은 꼭 바늘에 찔

려야만 끝이 나곤 했다. 책을 쓰기 위한 주제를 정하고, 목차를 정하
고 내 안에 있는 것들을 밖으로 끄집어내야 하는데, 사실 쉽지 않았
다. 모임에서 다른 회원들이 당당하게 자신의 이야기를 하면 기가 죽
고 위축되기도 했다. 중도에 책쓰기를 집어치우고 맘 편히 지내고 싶
기도 했다. 일주일 중 4일은 머릿속에 책쓰기가 10%도 차지하지 않
았다. 그러다 모임 전날은 책쓰기 주제와 목차를 흘긋 보며 끄적끄적
하기도 하고, 본문 한 꼭지를 맘 내키는 대로 써보기도 했다.

모임 날이면 참석하기 싫은 마음 반, 참석하고 싶은 마음 반이었다.
모임 인원은 겨우 3명이었다. 그나마 내가 빠지면 2명, 둘이 얼굴보
고 이야기하기 어색할 것 같았다. 커피숍에 차 한 잔 마시러 가자는
생각으로 모임에 빠지지 않고 참석을 했다.

서서히 물들어가기.

사람은 환경에 영향을 받을 수밖에 없다. 건성건성 모임에 참석을 하
는데 나도 모르게 서서히 열정적인 두 사람의 모습에 물들어가기 시
작했다. 주제와 목차를 늘 손에 들고 다니며 수정을 반복하는 두 사
람의 모습을 조금씩 따라하기 시작했다. 본문 내용도 일주일에 한 꼭
지에서 두 꼭지로 늘려 쓰고, 시간 나면 노트북을 펼쳐 들었다. 주말
이면 카페에 앉아 한두 시간씩 본문을 쓰기도 했다. 책쓰기라고 저장
해놓은 한글 파일이 늘 5페이지를 넘지 못했는데 서서히 늘어나기 시
작했다.

페이지가 늘어나고 모임의 횟수가 늘어나면서 할 말도 많아졌다. 책

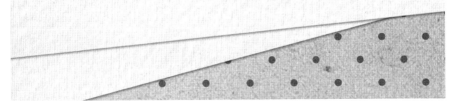

쓰기 모임의 좋은 점은 '까이는 시간'이 있다는 것이다. 나의 주제와 목차, 본문에 대해 상대방의 생각이 어떤지 물어보는 것이다. 이 시간에는 자기 생각을 가감 없이 이야기하게 되는데, 여기서 나온 것을 토대로 내 글에 대해 다시 생각하는 시간을 갖게 된다. 때로는 바늘로 콕콕 찔리는 것 같은 마음이기도 했는데 이런 시간이 있었기에 끝까지 책쓰기를 할 수 있었다.

책쓰기가 하루아침에 이루어지지는 않았다. 첫 모임 세 명 중 두 사람은 3개월 안에 투고하여 출간계약이 이루어졌지만, 늦깎이인 나는 6개월이 지나서야 겨우 투고를 하고 계약이 성사되었다.

아마 혼자 책쓰기를 했다면 6개월은 고사하고, 6년이 지나도 못했을 것이다. 전문 작가도 아닌, 직장 다니며 아이를 셋이나 키우는 한 아줌마가 책을 쓴다는 건 쉽지 않은 일이다. 책쓰기 모임이 있었기에, 그 안에서 까이는 시간, 그리고 열정적으로 자신의 책을 쓰는 사람들과 함께하며 물들어가는 시간이 있었기에 가능했다.

이런 모임이 있다는 것이 늘 감사하고, 내가 그 모임에 나갈 수 있어 행복하다.

혼자이면서도
함께

스물 여섯, 내 이름으로 된 책을 냈다. 가장 많이 받는 질문은 어떻게 책을 쓰게 되었냐는 것이었다. 사람들은 내 책을 읽어보기도 전에 "글쓰기에 재능이 있나 보네" 라고 무심코 단언하지만 일단 나는 글을 잘 쓰지 못한다. 책도 많이 읽지 않았다. 직업이 간호사이고, 전공도 (당연히) 간호학과였으니 의문이 들 만도 하다. 책쓰기를 결심한 순간은 사실 기억이 잘 안 난다. 삶은 거대한 사건이 아닌 우연한 순간들의 합으로 이루어진다. 그리고 내게 우연하면서도 필연적인 그 순간은 독서모임과 우독책이었다.

인터넷 검색을 통해 독서모임에 나갔다. 독서모임이라니 왠지 거창해 보이고, 부담스러운 면이 없잖아 있었지만 '혼자 참석해도 환영'이라는 푸근한 문구에 작은 용기를 냈다. 준비물도 따로 없다고 해서 궁금증 반, 걱정 반으로 갔다. 독서모임 식구들은 처음 보는 나를 반갑게 맞아주었다. 그리고 나에 대한 관심은 30초 가량의 자기소개에서 그쳤다. 많은 동호회가 주제를 내세우며 사람을 본다. 그런데 이 독서모임은 약간은 무심하다 할 만큼 철저하게 주제를 보고 스며들

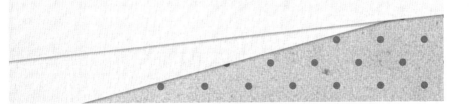

어 함께함을 추구한다. 간단한 모임 순서 안내 후 15분 글쓰기를 했고, 처음 보는 사람들과 함께 책을 낭독하고 살아가는 이야기를 나눴다. 처음 보는 사람들과 속 이야기를 나누는 게 신기했지만 글쓰기가 선행되니 그럴 수밖에 없다고 느꼈다.

처음엔 '뭘 써야 하지' 막막함이 흐르다 이내 고요한 침묵과 함께 자신만의 이야기로 빨려 들어간다. 15분 후 타이머가 울리고 모두 펜을 내려놓는다. 각자 돌아가며 자신의 글을 소리내어 읽는데, 똑같은 주제여도 내용은 참 달랐다. 비슷한 듯 다른 그 이야기들은 각자의 삶에 더 가깝다. 모두의 다른 경험, 다른 생각을 들으니 나도 모르게 그 사람을 들여다보게 된다. 그 사람의 경험이 보이고, 숨길 수 없는 진심이 보인다. 그렇게 우리는 글을 쓰고, 책을 읽으며 서로를 들여다본다. 그것도 아주 깊숙이 은밀하게.

그 오랜만의 끄적임이 참으로 반가웠다. 종이 위에 펜을 움직이며 잊혀두었던 감각이, 즐거움이 꿈틀거렸다. '아, 내가 글쓰기를 좋아했었지' 라고 짧은 글쓰기를 통해 깨달았다. 모임을 꾸준히 혹은 쉬엄쉬엄 나가며 다양한 책과 글쓰기에 욕심이 났다. 이제는 내 글을, 내 책을 쓰고 싶다는 생각이 들었다. 그 후 책쓰기 협회도 찾아가고, 공모전에도 응모하고 이런저런 시행착오를 겪으며 우독책 독서모임을 만났다. 1기 우독책 모임은 석 달 가까이 진행되었고, 소중한 인연은 지금도 이어지고 있다. 처음부터 마지막까지 모든 수업이 유익했지만 가장 기억에 남는 모임은 첫 모임, 광덕산 등산이었다.

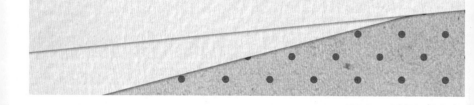

첫 수업날 우리는 함께 광덕산에 올랐다. 서로 책을 쓰고 싶은 이유, 가장 감명 깊게 읽은 책, 서로의 책 주제와 앞으로의 결심 등을 나눴다. 등산이 낯선 내가 숨이 차고 지쳐서 걸음이 더뎌지자, 두 분이 나를 기다려주고 음식도 챙겨주며 다독여주셨다. 산을 오르는 한 걸음 한 걸음은 분명 내 몫이지만 두 분이 옆에 있어서, 함께 해주는 사람이 있어서 산행이 괴롭지 않을 수 있었다. 처음에는 책쓰기 모임에 웬 등산인가 했지만 멀리서 산을 보고 산을 오르는 등 그 산행에는 삼독님의 깊은 뜻이 담겨 있었다. 훗날 돌이켜 생각해보니 우리의 책쓰기 과정이 딱 그랬다는 생각이 든다.

책쓰기 정상에 이르기까지 무수히 많은 좌절과 인내가 있었다. 결코 쉽지 않았다. 몇 번이고 주저앉았고, 또 몇 번이고 일어나야 했다. 나 자신과의 투쟁이었지만 함께해주고 응원해주는 두 분이 없었다면 나는 결코 오르지 못했을 것이다. 사실 내가 책을 쓰지 못할 평범한 이유는 너무나 많았다. 책쓰기 방법과 기술도 배웠지만 가장 감사한건, 함께 오르는 두 분이 있어 포기하지 않을 수 있었다는 것이다. 우독책 모임이 있어 용기를 잃지 않고 용맹정진할 수 있었다.

책읽기, 글쓰기, 책쓰기는 철저하게 고독한 혼자만의 작업이다. 아니 그렇게 생각해왔었다. 그때 독서모임을 만났다. 내가 그 모임, 그 사람들을 통해 얻은 것은 단순한 지식이나 인맥이 아니다. 혼자 내 안에 파고들어 나를 믿는 힘을 배웠고, 함께함으로서 더 큰 용기와 힘을 얻었다. 나는 그렇게 혼자이면서도 함께함의 가치를 배웠다.

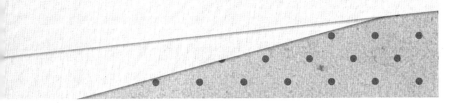

5장, 삼독모임 로드맵

. .
. .
. .

. . . .

삼독모임 3단계 로드맵

1단계_ 읽기 모임, 2년, 100권의 기록
2단계_ 쓰기 모임, 1년, 50꼭지의 글
3단계_ 책쓰기 모임, 1년, 1권의 책

삼독모임
3단계
로드맵

5장에서는 삼독모임 로드맵을 통해 단계별로 목표를 정해 도전하는 것을 제시해보려 한다. 로드맵을 제시하는 이유는 단순하다. 삼독모임의 효과는 1~2개월 짧은 기간에 나타날 수 없다. 책을 읽고, 글을 쓰고, 책쓰기도 하는 긴 시간이 필요하다. 그러기에 중간에 지치지 않고 기댈 무언가가 필요하다. 성과를 눈으로 확인하면서 모임에 참여한다면 그만큼 힘이 될 수 있다.

●○ **목표 설정**

독서모임의 여정은 지금 내딛는 한 걸음 한 걸음의 합으로 이루어진다. 삼독모임도 마찬가지다. 모임에 참여해서 한 권의 책을 읽는다고, 한 편의 글을 썼다고, 책쓰기를 해봤다고 알 수 있는 것이 아니다.
이슬비도 오래 맞으면 옷이 젖는다. 삼독모임은 이슬비에 초점을 맞추는 것이 아니라 '오래 맞는 것'에 방점을 두어야 한다. '오래 맞는 것'이란 지속적인 참여를 말한다. 이를 위해 삼독모임 로드맵을 제시하고자 한다.

삼독모임 로드맵은 직접 독서모임을 기획하고 진행하며 참여한 나의 경험을 바탕으로 했다. 거기에 삼독모임에 1년 이상 참여한 사람들에게 공통으로 적용할 수 있는 내용들을 참고했다. 여기서 제시하는 기준은 나의 주관적 판단에 따랐다. 그러니 독자 여러분에게 맞게 더할 것은 더하고 뺄 것은 빼면서 맘껏 변형하여 사용하길 바란다. 다만 처음 독서를 시작하는 사람이라면 삼독 로드맵을 따라 단계별로 경험하는 것이 좋겠다.

●○ 단계별 접근

삼독모임은 읽기, 쓰기, 책쓰기 모임을 단계별로 익혀나가는 과정이다. 기간과 분량을 정하고 목표를 달성해가면서 모임 안에서 사람들과 함께 생동감 있는 공부를 해볼 수 있다. 혼자 공상하는 게 아니라 피부에 와닿는 현장에서의 배움을 얻을 수 있다. 많은 사람들의 다양성을 접하다 보면 자연스레 더 넓고 깊은 공부를 할 수 있게 된다.

우리가 보통 책을 읽고 글을 쓰는 것처럼, 삼독모임은 독서모임을 1단계부터 3단계까지 나눠 활용한다. 먼저 읽기 모임을 통해 독서로서 기본적 토대를 쌓고, 쓰기 모임을 통해 글쓰는 것에 익숙해진다. 그리고 최종적으로 자신의 책을 써본다. 단계별 순서를 중요시하는 것은 기초체력부터 차근차근 키우는 게 좋기 때문이다. 사람마다 차이는 있지만 내가 삼독모임을 운영하면서 세운 목표는 다음과 같다.

1단계 읽기 모임_ 2년간 참여를 통해 책 100권의 기록.
2단계 쓰기 모임_ 1년간 참여를 통해 50꼭지의 글.
3단계 책쓰기 모임_ 1년간 참여를 통해 1권의 책쓰기.

삼독 로드맵 기간을 다 합치면 4년이다. 어쩌면 이 과정을 다 거친다면 독서모임 대학에 다닌 느낌도 들 것이다. 1단계인 읽기모임은 대학교 1, 2학년으로 생각할 수 있고, 2단계 쓰기 모임은 3학년, 마지막으로 논문을 쓰듯 한 권의 원고를 완성하는 3단계 책쓰기는 4학년이라고 생각할 수 있다. 각 목표를 달성하면서 독서모임 학교에 다닌다고 생각해도 재미있을 것 같다.

여하튼 독서모임은 여정의 학문이라고 할 수 있다. 다양한 삶을 배우는 공부이기에 삼독모임을 모두 경험해보는 것만으로도 의미가 있다. 독서모임 대학에 다닌다는 생각으로 한 학년씩 삼독모임에서 배움을 청한다면 한 단계 높은 의식과 시선을 가질 수 있을 것이다.

누군가에겐 2년간 100권을 읽는 게 너무 많을 수 있고, 또 누군가에겐 너무 적을 수도 있다. 1년으로 나누면 50권이고, 일주일로 나누면 대략 1권이다. 매주 한 번 읽기 모임에 참여하고 그 기간에 한 권 정도 읽는다면 달성할 수 있는 분량이다. 같은 100권의 기록이어도 혼자 책을 읽는 것과 읽기 모임에서 읽는 것은 차원이 다르다. 자신이 소화한 책을 모임에서 발표하고 토론하면서 생각을 한 번 더 곱씹어보았기 때문이다. 모임참여를 통해 독서한 것은 혼자 책을 읽은 것보다 두세 배 이상의 효과가 있다.

100권의 기록은 각자 자신의 수준에 맞게 하면 된다. 나는 독서노트를 이용했다. 핵심은 달성해보는 것이지 그 기록 형식에 집착할 필요는 없다. 기록하기 시작하면 점진적으로 자신이 원하는 것으로 발전시킬 수 있다. 그러니 시작과 과정이 중요하다. 그리고 과정을 눈으로 확인하다 보면 결과가 나오게 돼 있다.

●○ 쓰기

모임에서 50꼭지의 글을 쓰는 것도 혼자 글을 쓰는 것과는 차이가 있다. 집단에서 함께 글을 쓰며 회원들에게 보여준다는 것은 쉬운 일이 아니다. 하지만 다른 사람이 쓴 글을 모임에서 계속 접할 수 있다. 모임에서 글을 함께 쓰면 '글은 써야 써진다'라는 것을 매번 배울 수 있기 때문에 한 번의 참여가 한 번의 배움이 된다. 쓰기 모임에 참여하면 나머지는 진행을 통해 자연스럽게 글을 쓸 수 있게 된다. 50꼭지의 글을 기록하고 모으는 것만으로도 충분히 가치 있는 일이다.

●○ 책쓰기

내가 쓴 한 권의 책. 직접 원고를 쓰고 완성해 내 이름으로 된 책을 낸다는 것은 그 자체만으로도 떨리는 일이다. 하지만 책쓰기를 해보지 않은 사람이 대부분이기에 도전정신이 많이 필요하다. 함께 참여하는 사람들과 서로 배우고 가르치며 쓴다면 충분히 가능한 일이다. 중간중간 암초를 만나 좌절하기도 하지만 서로 응원하고 위로해주며 쓰는 책쓰기 모임을 통해 책을 완성해보자. 6개월씩 두 차례의 참여, 1년 안에 원고 완성을 목표로 도전해보자. 아마도 새로운 성취감을 맛볼 수 있을 것이다.

●○ 나만의 로드맵을 만들어보자

삼독모임을 통해 읽고, 쓰고, 책쓰기를 할 수 있다. 다양한 삶의 방식을 만날 수 있고 창조적 배움으로 만들 수도 있다. 바쁜 직장인들이 시간을 쪼개며 참여하는 데는 다 이유가 있다. 학생 때 학교에서 배우지 못한 것을 알 수 있게 된다.

어쩌면 삼독모임은 2막의 학교일 수도 있다. 사람들을 만나고 소통하면서 배우는 학교. 다양성 가득한 창의적인 공간에서 삼독 로드맵을 각자에 맞게 맘껏 변형시켜 사용해도 좋다. 자신만의 로드맵을 만들고 모임에 참석한다면 성취감도 더 커질 것이다. 다시 말하지만, 삼독 로드맵을 제시한 이유는 목표를 달성하는 과정을 확인하며 지속적 참여를 돕기 위한 것이다.

 독서모임 포인트 34 ....

이슬비도 오래 맞으면 옷이 젖는다. 삼독모임은 이슬비에 초점을 맞추는 것이 아니라 '오래 맞는 것'에 방점을 둔다. 지속적 참여를 하기 위해서는 삼독모임 로드맵이 필요하다. 삼독모임은 읽기, 쓰기, 책쓰기 모임을 단계별로 익혀나가는 것이다. 먼저 읽기 모임을 통해 독서로서 기본적 토대를 쌓고(2년간 100권의 기록), 쓰기 모임을 통해 글쓰는 것(1년간 글 50꼭지 쓰기)에 대해 익숙해진다. 그리고 최종적으로 자신의 책(1년간 한 권의 책쓰기)을 써본다. 단계별 순서를 중요시하는 것은 기초체력부터 차근차근 키울 수 있기 때문이다. 삼독 로드맵 기간을 다 합치면 4년이다. 이 과정을 다 거친다면 독서모임 대학에 다닌 것과도 같다.

우리는 독서모임에서 읽기, 쓰기, 책쓰기를 합니다

읽기(2년)
활용법

읽기 모임의 핵심은 '참여'에 있다. 이 목적을 잊지 않는다면 일단 성공이다. 읽기 모임 참여자들이 힘들어하는 이유는 조급하게 무언가를 얻으려는 마음 때문이다. 모임에서 자신이 달성하고 싶은 것만을 내세우는 사람은 대부분 중도에 그만둔다.

읽기 모임은 내가 의도하는 쪽으로만 진행되지 않는다. 책을 읽는 분야도 넓고 다양해서 내가 보고 싶은 책 위주로만 볼 수도 없다. 그래서 모임이 나의 취향과 수준에 맞아야 한다. 방향이 맞다면 나머지는 모임의 다양성을 받아들이며 참여하면 된다. 더 넓은 시야를 가질 수 있는 계기가 될 것이다.

●○ 100권의 기록

1단계 읽기 모임은 세 모임 중에서 기간이 제일 길고 반복하는 형태로 진행된다. 그래서 꼭 기록을 남겨야 한다. 읽기 모임은 참여가 핵심이고 그것을 유지하게 만드는 것이 바로 기록이다. 각오와 의지도 중요한 요소지만 그것만으로 긴 시간을 감당할 수 없다. 그보다는 오히려 나만의 흔적을 남기는 것이 낫다. 그리고 그 기록은 책에 관한 것이 좋다. 그렇기에 읽기 모임은 '기록을 어떻게 할 것인가?'에 집중해야 한다.

'100권의 기록.' 이것이 삼독 로드맵에서 제시하는 읽기 모임 활용법이다.

매번 모임에서 함께하는 사람들과 분위기가 좋을 수만은 없다. 서로 힘이 되어주기도 하지만 어느 때는 부딪치기도 한다. 가끔, 모임에 참여하면서 회원들에게 나를 보이는 것이 부담스러운 날도 있다. 여러 조건이 맞물려 있기에 꾸준한 참여는 생각보다 힘들다. 보통 1년 이상 참여한 사람은 그 뒤로도 꾸준히 참석한다. 오히려 3개월 이하로 참여하는 사람들은 포기하는 경우가 많다. 한두 번 참여하다 나오지 않는 사람은 자신과 맞지 않아서 그만두는 경우를 제외하고는 대부분 읽기 모임 활용법을 모르기 때문이다.

"계속 참석하려는 것이 부담돼요."

모임에 참가했다가 도중에 그만둔 회원의 말이다. 처음에는 혼자 독서를 하다 함께 읽는 것 자체가 새로웠고, 사람들과의 만남도 신선하다고 말했다. 그러나 반복되는 참여에 변화가 없어 흥미를 잃은 것이다.

읽기 모임 사용법은 간단하다. 여러 법칙들이 있다고 말하고 싶지 않다. 내가 7년간 읽기 모임을 경험하며 알게 된, 지속적으로 참여하면서 성장하는 사람들의 공통점은 단 하나였다. 그것은 '기록'이었다.

독서 노트를 쓰든, 책에 감상이나 서평을 쓰든, 메모하든, 블로그에 모임 글을 올리든 자신만의 색깔로 기록하는 방법을 가지고 있었다. 무엇이든 좋다. 자신만의 기록을 만들어가면 읽기 모임은 쉬워진다. 특히 읽은 책을 번호를 정해 꾸준히 기록하는 것이 제일 효과적인 방법이라 생각한다.

●○ 번호가 부여된 100권의 독서 노트

2년 읽기 모임 참여와 함께 자신에 손에 100권의 책이 기록된 독서 노트가 들려 있다면 어떨까? 독서 고수가 보았을 때는 감흥이 없을 수도 있다. 그러나 책을 처음 접한 독서 초보에게는 근사하게 보일 것이다. 한 가지 더 있다. 이 기록은 읽기 모임에 참여하며 병행해서 한 기록이다. 다시 말하면 많은 사람들과 독서발표와 토론을 하면서 작성된 결과물이다. 혼자 책을 읽은 게 아닌, 읽기 모임에 참여하며 여러 사람에게 영향을 주고받으며 만들어진 것이기에 더 가치가 있다.

독서 노트를 만들 때에는 그 안에 내용을 어떻게 쓰느냐도 중요하지만 번호를 부여하는 작업도 아주 중요하다. 꾸준함을 유지하기 위해서 매번 적을 때마다 번호를 부여하는 것이다. 단적으로, 책을 읽었는데 쓸 게 없다 해도 번호를 부여하고 책 제목이라도 적어 놓아야 한다.

번호 부여를 중요하게 생각하는 데는 이유가 있다. 처음 시도할 때 몇 번의 실패가 있었기 때문이다. 기록은 계속했지만, 번호를 부여하지 않아 쓴 것을 버린 적도 있었고, 방치된 것도 있었다. 그때는 기록하면서도 계속 작업을 해야 하는지 생각이 없었다. 번호를 부여하면 일단 여러 노트에 적는 것을 차단할 수 있다. 번호를 부여하려면 바로 전 숫자를 들춰봐야 하므로 한 곳에 쓰는 효과를 얻을 수 있다.

매번 작성할 때마다 번호를 부여하면 읽기 모임을 통해 축적해 가는 과정이 보인다. 100권의 기록도 번호와 연관이 있다. 기록한 책의 숫자가 두 자리에서 세 자리로 변하는 것이다. 읽기 모임에 2년간 꾸준히 참여하고 매주 책을 읽고 기록해야 가능한 숫자다. 절대 쉽지 않은 분량이다. 읽는 책에 따라, 개인의 독서 속도에 따라 다르지만 2년이란 기간은 생각보다 짧은 시간이 아니다. 기록한 분량이 많든 적든 100개를 만들어보는 것. 번호가 하나씩 늘어날 때마다 성과가 눈에 보이며 쓰는 재미도 쏠쏠하다.

삼독모임 중 쓰기나 책쓰기 모임에서는 기록하지 않으려 해도 기록한 글이 남는다. 아이러니하게도 읽기 모임은 기록을 해야만 흔적이 남는다. 재미있지 않은가? 눈과 귀로만 보고 들으려고 하지 말고, 글로 기록해야 한다. 그 기록하는 수고가 바로 꾸준한 참여를 독려하고 자신을 성장시키는 비법이 되어준다. 한번 해보기 바란다.

'2년, 100권의 기록.'

 독서모임 포인트 35 ··················

삼독 로드맵 중 1단계 읽기 모임은 세 모임 중에서 기간이 제일 길고 반복하는 형태로 진행된다. 그래서 꼭 기록을 남겨야 한다. 읽기 모임은 '참여'가 핵심이고 '기록'은 그것을 유지하게 만들어준다. 이 두 가지만 잘 지키면 독서모임을 중도에 포기하는 일은 거의 없다.

쓰기(1년)
활용법

지하철에 앉아 스마트폰 대신 종이책을 읽는 사람을 보면 반갑기까지 할 정도다. 굳이 OECD 국가와 통계를 비교하지 않아도 우리가 책을 많이 읽지 않는다는 건 누구나 알고 있는 사실이다. 나는 독서모임에 참여하는 사람들은 OECD 상위권 나라보다도 더 많이 책을 읽는 거라고 위안을 삼는다. 주위를 돌아보면 독서모임을 하는 곳이 간간히 있긴 하지만 눈에 뜨일 만큼 많이 활성화돼 있지는 못한 게 현실이다. 더구나 글을 쓰는 모임은 더 보기 어렵다. 대부분 독서모임은 읽기 위주로 진행되고 있기 때문이다.

쓰기 모임이 많지 않은 이유는 간단하다. 책을 읽는 것보다 익숙지 않기 때문이다. 더군다나 함께 모여서 글을 쓸 필요를 느끼지 못해서다. 내가 쓰기 모임을 처음 기획할 때도 특별한 이유가 있어서였다기보다 독서만으로 끝내지 말고 감상이나 서평을 적어보자는 취지였다. 그러나 쓰기 모임을 몇 번 진행해보니 글쓰기에 더 큰 의미가 담겨 있다는 걸 깨달았다. 글쓰기는 모르고 지

우리는 독서모임에서 읽기, 쓰기, 책쓰기를 합니다

내던 나 자신을 발견하는 시간을 만들어주었다. 책으로 향하던 시선이 나 자신의 내면을 향해 바뀐 것이다. 쓰기를 시작하면서 독자의 입장에서 한 단계 확장될 수 있었다. 그 뒤부터는 주제를 정하고 글을 쓰는 방식으로 쓰기 모임을 진행했다.

읽기 모임에서는 참여와 기록의 중요성을 말했다. 쓰기 모임은 참여할 때마다 글을 쓰기 때문에 기록은 현장에서 자연스럽게 할 수 있다.

"집에선 시간이 남아도 글이 써지지 않는데, 쓰기 모임에선 제한된 시간이어도 잘 써지는 이유를 모르겠어요."

한 회원의 말에 듣고 있던 사람들이 모두 고개를 끄덕인다. 집단에서 글을 쓰면 쓸 수밖에 없다. 숨어 있는 힘이 있기 때문이다. '쓰기 때문에 써지는 것.' 누구나 알고 있지만, 누구나 경험할 수 있는 것은 아니다. 읽기 모임은 여러 가지 장점이 있지만 '함께 쓰기 때문에 써지는 것'이 가장 큰 장점이고 핵심이다.

●○ **50꼭지의 글**

1년간 꾸준히 참여한다고 가정하면 대략 50꼭지의 글을 쓰고 모을 수 있다. 이것이 쓰기 모임 사용법이다. 대단한 방법이 있을까? 기대했다면 실망할 것이다. 그렇다고 쉬운 작업은 아니다. 1년간 매주 써야 하는 분량이다.

한 번 글을 쓸 때 어느 정도 분량으로 써야 하는가 질문하는 사람
도 있다. 내가 참여하는 모임에서는 15분 동안만 글을 쓰기에 많
이 써야 A4 절반을 채우지도 못한다. 글 분량의 많고 적음에 의
미를 두지 말자. 또 형식에 맞춰 잘 쓰지 않아도 좋다.

글쓰는 게 편해지는 것. 남들의 시선에 담담해지는 것. 글을 쓰
다 보면 써지는 것을 경험하는 것. 모르던 자신을 알아가는 것.
글쓰기가 일상이 되는 것…. 이 과정과 함께 집단에서 글을 쓰는
것에 의미를 두면 된다. 꾸준히 모임에서 글을 쓰고 그것을 한
권으로 묶어보는 것이 삼독 로드맵의 읽기 모임 제시 기준이다.
'50꼭지의 글을 써보자.'

 독서모임 포인트 36 ···

군이 함께 모여서까지 글을 쓸 필요는 없을지 모른다. 그러나 쓰
기 모임을 몇 번 진행해보니 글쓰는 시간 동안 모르고 지내던 나
자신을 발견하게 되었다. 책으로 향하던 시선이 나 자신의 내면
을 향해 바뀐 것이다. 쓰기를 시작하면서 독자의 입장에서 한 단
계 확장될 수 있었다. 쓰기 모임에 여러 가지 장점이 있지만 '함
께 쓰기 때문에 써지는 것' 이 핵심이다. 1년간 꾸준히 참여한다
고 하면 대략 50꼭지의 글을 쓰고 모을 수 있다. 이것이 쓰기 모임
사용법이다. 그러나 결코 쉬운 작업은 아니다.

우리는 독서모임에서 읽기, 쓰기, 책쓰기를 합니다

책쓰기(1년)
활용법

책쓰기 모임의 결정체는 원고를 완성해 자신의 이름으로 된 한 권의 책을 만들어보는 것이다. 쓰기 모임을 만들 때도 약간 생소한 느낌이 있었다. 그러나 책쓰기 모임은 그것과 비교하기 어려울 정도로 고민을 많이 했다.

일단 읽기와 쓰기는 매번 같은 패턴으로 진행되기에 어려움이 덜하다. 하지만 책쓰기는 모임마다 진행 내용이 달라지고 또 책 쓰는 속도도 서로 다르다. 이 문제 때문에 어려움도 많았다. 그러나 세상에 단 하나밖에 없는 창조물인 나만의 책을 완성하는 매력은 모든 고민을 눈 녹듯 사라지게 만들었다.

●○ 내 이름으로 된 한 권의 책

삼독 로드맵에서 제시하는 것은 1년에 한 권의 책을 완성해보는 것이다. 책쓰기 모임은 기간이 정해져야 한다. 모임 기간은 제시하는 기준을 참고해서 각자 여건에 맞게 늘리거나 줄여 사용하면 된다. 경험상 짧게는 2~3개월, 길게는 6개월이 적당하다. 그리고 한 번 더 모임에 반복 참여하면서 원고를 완성하는 형태가 좋다. 연속으로 참여할 수도 있고, 자신이 다시 참여하고 싶을 때 해도 된다. 꼭 반복 참여를 하라는 것은 아니다. 다만 모임 기간이 6개월로 정해진 책쓰기 모임이라면 한 번 더 참여하면 1년이다. 3개월 정도로 짧은 기간이라면 여러 번 반복 참여할 수 있다.

그래서 삼독 로드맵으로 제시하는 기준은 이렇다.

'책쓰기 기간은 1년, 그리고 반복 참여.'

 독서모임 포인트 37 ·····················

삼독 로드맵에서 제시하는 것은 1년에 한 권의 책을 완성해보는 것이다. 책쓰기 모임은 기간이 정해져야 한다. 모임 기간은 각자 여건에 맞게 늘리거나 줄여 사용하면 된다. 경험상 짧게는 2~3개월, 길게는 6개월이 적당하다. 책쓰기 모임은 매번 진행 내용이 달라지고 또 책쓰는 속도도 서로 다르기 때문에 어려움도 많지만 세상에 단 하나밖에 없는 창조물인 나만의 책을 완성하는 매력은 모든 고민을 눈 녹듯 사라지게 만든다.

우리는 독서모임에서 읽기, 쓰기, 책쓰기를 합니다

독서모임이란
울림통이다

．
．
．
．
．
．
．

창고를 정리하다 먼지 쌓인 통기타를 발견했다. 1년 전 유튜브에서 연주 동영상을 본 후, 배우고 싶어 기타학원에 등록하고 산 기타다. 두 달을 열심히 다녔지만 결국 용두사미가 되어버려 거실에서 창고로 옮겨 두었었다. 줄을 튕겨보았다. '띵~디딩' 여섯 줄이 흔들리고 울림통을 통해 소리가 합쳐진다. 독서모임은 기타 울림통을 닮았다. 한 사람 한 사람의 생각과 경험이 독서모임이란 울림통을 통해 더 커다란 소리를 만들어낸다. 그리고 그 다양한 소리는 서로에게 더 큰 울림을 준다.
한 줄 한 줄 고유의 음을 갖고 있는 기타 줄이 하모니를 만들어내듯, 삼독모임도 그 특징에 맞게 잘 활용하면서 따로 또 함께 참여하면 다양한 배움을 얻을 수 있다.

삼독모임이라는 공간을 통해,
읽기 모임에서 책을 통한 공부를 하자.

쓰기 모임에서 글쓰기를 통해 자신을 성장시키자.

책쓰기 모임에서 자신만의 책을 만들어보자.

삼독모임을 통해 어쩌면 독서모임을 세 번 배운다고도 할 수 있다. 3개의 모임을 단계별로 참여해도 좋고 병행해서 참여해도 좋다. 또한, 관심 가는 곳부터 나가도 좋다. 사람과 사람이 만나는 공간, 함께 소통하며 다양성을 배우는 공간, 삼독모임을 통해 독서모임을 활용하자.

아프리카 원주민들은 원숭이를 잡을 때 손이 들어갈 정도의 작은 구멍을 가진 항아리에 먹이를 넣어둔다고 한다. 원숭이는 좁은 항아리 구멍에 손을 넣어 욕심껏 먹이를 움켜쥐고는 어쩔 줄 몰라 하다 도망도 못가고 잡힌다고 한다. 독서모임을 이용하는 것도 마찬가지다. 한 번에 무언가 잔뜩 얻으려고 하면 오히려 힘들어진다. 하나씩 하나씩 삼독모임을 통해 원석을 찾아 가공해서 보석으로 만들어야 한다. 너무 많은 욕심 부리지 말고 그 과정에서 서로가 배우고 가르치는 공간이 되었으면 좋겠다.

이젠, 독서모임에 새로운 패러다임이 필요하다. 누구나 삼독모임을 통해 읽고, 쓰고, 책쓰기를 경험해보기 바란다.

부록

'

독서모임 포인트 37

01 ◆◆ 독서모임은 꾸준히 계속 하는 사람보다 중간에 그만두는 사람이 월등히 많다. 책을 좋아하는 공통점이 있지만 참여하는 사람들의 수준이나 취향, 개성은 각양각색이기 때문이다. 모든 독서모임에는 각각의 개성이 있다. 그러기에 더욱 접근방법을 알아야 한다. 시작은 '나 자신에게 맞는 독서모임을 찾는 것'부터여야 한다.

02 ◆◆ 30~40대에겐 새로운 공부가 필요하다. 독서모임이라는 공간은 그 전환점을 제공해주는 공부방이다. 독서모임에서는 책만 읽는 게 아니라 그 책을 읽은 한 사람을 읽을 수 있게 된다. 내가 뛰어갈 방향을 찾기 위해 멈출 때, 혼자가 아닌 많은 사람들과 함께 이야기하고 공유하면 한층 성장해 있는 나를 만날 수 있다.

03 ◆◆ 독서모임은 누구나 만들 수 있으며 누구나 참여할 수 있다. 독서모임을 삼독모임으로 나누고 참여하면 누구나 독서모임이란 공간에서 독서, 글쓰기, 책쓰기를 할 수 있게 된다.

04 ◆◆ 책을 읽고 토론하는 모임이 지속되면 자연히 읽기에서 쓰기로 넘어간다. 감상을 쓰는 작업은 물론, 발표할 것을 미리 써오는 작업도 포함된다. 읽고 쓰는 작업이 쌓이면 이제 독자 입장에서 나아가 저자 입장이 되어 책쓰기로 이어진다. 이것이 7년 동안 독서모임을 해오며 자연스레 삼독모임이 만들어진 배경이다.

05 ◆◆ 독서모임은 사회나 직장에서처럼 직위를 얻으려 경쟁하는 곳이 아니다. 학교에서처럼 성적에 아등바등할 이유도 없고, 경쟁할 필

요가 없다. 독서모임을 놀이로 생각해보자. 독서모임을 놀이터로 바꾸는 패러다임을 가지려고만 해도 많은 것을 얻을 수 있다.

06 ◆◆ 처음 독서를 시작하는 사람들에게는 단계별 접근이 잘 어울린다. 1단계로 '읽기 모임'에 나가고 계단을 오르듯 순차적으로 쓰기 모임, 책쓰기 모임으로 나가는 것이다. 독서모임 참여는 마라톤처럼 해야 지치지 않고 일상으로 자리잡을 수 있다.

07 ◆◆ 좋은 책을 소개받는 것보다 사람들과의 관계가 더 소중하다. 혼자 읽는 독서에는 없는 것이 함께 읽고 나누는 독서모임에는 있다. 그 보석을 찾아낼 줄 안다면 인생이 더 풍요로워질 것이다. 평생 배워야 할 사람 공부를 독서모임이라는 인생학교에서 할 수 있다.

08 ◆◆ 독서모임은 과정의 배움이다. 기존의 독서모임에 참여하든 새로운 독서모임을 직접 만들든 상관없다. 다만, '경험'이 바탕이 된다면 좋다. 전제 조건은 '나에게 모임이 맞아야 한다'는 것이다. 삼독모임은 독서모임을 나누고 단계별로 확장하면서 나에게 맞는 '맞춤형 독서모임'과 '확장형 독서모임'을 지향한다.

09 ◆◆ 책을 읽지 않고 나와 앉아 있기가 민망하거나, 자신만 책을 읽지 않고 나오면 민폐가 되지 않을까 참석을 꺼리는 경우가 있다. 이런 걱정은 하지 않아도 된다. 오히려 처음 참가하는 사람들은 듣는 것에 더 신경을 쓰는 것이 좋다. 함께하는 사람들의 말을 들어보면 자신이 모르고 있던 시선을 배울 수도 있다.

10 ◆◆ 책을 읽는 이유는 내 삶을 풍요롭게 만들기 위해서이다. 읽기 모임은 책을 소화해낸 사람들의 다양성을 들으며 서로 새로운 것을 발견하는 공간이다. 읽기의 깊이는 삶의 깊이가 될 수밖에 없다.

11 ◆◆ 한 권의 책을 선정하여 함께 읽고 발표하고 토론하는 독서모임 은 프리즘을 통과한 빛과 비슷하다. 하나의 프리즘을 통과한 빛이 다 양한 색으로 분리돼 보이는 것처럼 한 권의 책에서도 다양한 생각을 들을 수 있다. 모임 진행 방법은 다양하다. 큰 방향만 맞는다면 나머 지는 함께하는 사람들과 맞춰가면 된다.

12 ◆◆ 바쁜 사람들이 책을 더 많이 읽고 독서모임에 참여도 더 열심 히 한다. 짬짬이 독서 전략 덕분이다. 일상에 책이 항상 동행하는 삶. 진리는 언제나 단순하다. 모임 전까지 한 권의 책을 읽기 위해서는 수불석권 전략도 좋고, 하루 25쪽 독서전략도 좋다.

13 ◆◆ 읽기만 하는 것보다 노트에 적기 시작하면 좋은 문장이 머리에 더 깊이 각인된다. '손독서'가 '눈독서'와 병행이 되면 모임이 더 즐 거워진다.

14 ◆◆ 사람들 앞에서 이야기하는 것 자체가 힘든 사람들이 있다. 이 때 필요한 것이 바로 A4 한 장이다. 종이 한 장에 적으면 책의 내용 과 내 생각이 요약되고 압축된다. 가장 중요한 것들만 적게 되는 것 이다. 독서모임에서는 적어온 것을 그대로 읽어도 되고, 정리한 것을 보며 발표를 해도 된다.

15 ◦◦ 읽기 모임에서는 엄밀히 말하면 책에 집중하는 게 아니라, 그 책을 읽은 사람에게 집중한다. 책을 보는 것이 아니라 한 사람이 소화해낸 내용을 듣는 것이다. 삼독모임의 확장된 힘은 참여하는 사람들에게서 나온다. 다양한 직업을 가진 사람들의 각기 다른 재능과 능력이 어우러지면서 서로에게 영향을 주고 공유하기 때문이다.

16 ◦◦ 혼자 읽는 책은 내 마음대로 선택해서 읽으면 된다. 함께 읽는 책은 각자 소화하고 사색한 것을 모임에서 발표하고 토론하는 과정이 재미있다. 발표자 중 누군가가 큰 울림을 주는 순간에는 파도치는 탁 트인 바다를 바라보는 시선도 갖게 된다.

17 ◦◦ 내가 가고 있는 방향과 성과를 눈으로 확인할 수 있으려면 기록을 해야 한다. 독서 노트도 좋다. 읽은 책마다 번호를 부여해가며 쌓여가는 흔적을 바라보는 즐거움이 상당하다. 100번까지 기록해보자. 블로그에 기록하는 것도 좋은 방법이다. '참여와 기록'은 읽기 모임의 핵심이다.

18 ◦◦ 천 권의 독서 노트를 쓴 회원은 첫 책을 냈고, 몸과 마음이 힘들어 휴직중이던 직장인은 독서모임을 통해 활력을 얻고 힘차게 직장으로 복귀했다. 두 살 아기를 업고 나온 엄마도 있고, 자동차 수리와 견인 업무를 하는 한 회원은 1년 내내 모임에 나와서 경청만 하기도 했다. 읽기 모임은 서로서로에게 위로와 여유를 선사해주는 삶의 충전소이다.

19 •• 글쓰기 부담에서 벗어나려면 잘 쓰려는 욕심에서 벗어나고, 문장을 아름답게 쓰려는 강박관념에서 벗어나고, 특히 주위 시선을 의식하는 마음에서 벗어나야 한다. 일반적인 글쓰기와 다르게 쓰기 모임에서는 불완전하지만 자유롭게 글을 써보는 것에 만족한다.

20 •• 쓰기 모임에는 '15분 글쓰기' 시간이 있다. 누구나 할 것 없이 쓰기에 몰입하는 그 시간만은 온전히 나를 향한 시간이다. 글을 쓴 후에는 각자 소리내어 읽어본다. 듣는 이들은 절대 의견을 보태지 않는다는 규칙이 있다. 글을 쓰는 것, 그 자체를 즐기기 위해서다.

21 •• 아무리 감추려 해도 글은 그 사람을 닮아 있다. 쓴다는 건, 말보다 더 느리고 무겁다. 그러나 글에는 힘이 있다. 집단에서 함께 소통하고 공유하는 글이라면 그 힘은 배가 된다. 그렇기에 더 진솔하게 글을 쓰려 애써야 한다.

22 •• 글을 잘 쓰는 것도 중요하다. 그러나 써야 쓸 수 있다. '둔한 붓이 총명함을 이긴다'는 말도 있다. 쓰기 모임은 글쓰는 사람들의 공부방이 되어준다. '그래, 일단 아무거나 써보자!' 라는 생각을 하는 순간, 마법같이 쓰기는 시작된다.

23 •• 집단에서 글을 쓰면 글쓰기가 일상이 된다. 그리고 생각 자체가 글로 나타난다. 말보다는 손이 글을 쓰는 습관을 만들어준다. 일상에서 떠오르는 영감이나 글감을 쓰다 보면 책을 쓰는 근육도 생겨난다. 다양한 생각과 주제를 가지고 함께하는 쓰기 모임은 책쓰기로

가는 연결 통로가 되어준다.

24 ◦◦ 쓰기 모임에서 지켜야 할 것
1. 글쓰기 시간을 정확히 지킨다.
2. 상대가 쓴 글에 대해 평가하지 않는다.
3. 다른 사람의 글을 공개할 때는 반드시 쓴 사람의 동의를 얻는다.

25 ◦◦ 글쓰기 실력이 뛰어나지 않아도 꾸준하게 진솔하게 쓰다 보면 삶이 윤택해진다. 그것은 직장생활의 활력으로 이어질 수도 있고 자존감도 회복될 수 있다. 여기에 '내 책' 출간은 덤으로 얻을 수 있는 성과물이다.

26 ◦◦ 책 출간을 목적으로 하는 글쓰기, 책쓰기라면 어려울 수도 있다. 하지만 더 큰 데 의미를 둔다면 다를 수 있다. '독자의 눈으로만 보던 사고에서 벗어나 저자가 되어보는 것.' 읽기 모임에서 독서습관을 만들고, 쓰기 모임으로 확장해 나를 알아가는 글쓰기를 해보라.

27 ◦◦ 책쓰기 모임을 통해 꾸준히 글을 쓴다면 누구나 작가가 될 수 있다. 혼자서 하면 어렵지만 모임에서 더불어 함께 글을 쓰면 수월하게 진행이 된다. 더불어 쓴다는 것은 아주 매력있는 일이다.

28 ◦◦ 읽기와 쓰기의 기초체력이 있으면 이제 책쓰기가 가능해진다. 나와 비슷한 사람들이 서로 응원하며 글을 쓰는 것에 노출되는 것만으로 힘을 얻을 수 있다. 특히 내가 저자가 되어 책을 쓸 때 함께하는

사람들이 독자의 생각을 대신해주는 건 빼놓을 수 없는 장점이다.

29 ‥ 회원들마다 각자 원고를 쓰는 속도는 다르지만 책쓰기 모임 기간은 짧게는 2~3개월, 아무리 길어도 6개월 이하로 해야 효과적이다. '주제 → 제목 → 목차 → 머리말 → 본문'을 쓰는 큰 틀에 따라 일정 기간 내에 써내는 것이 좋다. 원고를 완성하지 못해도 책쓰기는 전체 과정을 한 번 마무리해보는 경험이 중요하다.

30 ‥ 책을 쓰려면 먼저 주제를 정해야 한다. 그리고 제목을 정한 후에는 목차를 써보고 머리말과 본문을 본격적으로 써나간다. 책쓰기는 집을 짓는 것과 비슷하다. 설계도 없이 집을 짓기 어려운 것처럼 목차를 만들면서 주제에 대해 자신이 무엇을 쓸 것인지 생각을 정리해보는 것이 좋다. 머리말에서는 이 책을 쓴 이유와 책 내용에 무엇을 담았는지를 쓰면서 자신의 책을 독자에게 소개한다.

31 ‥ 책쓰기 모임을 시작해서 마지막까지 꼭 해야 하는 한 가지는 '매일 글을 써야 한다'는 것이다. 쓰는 주제와 명확한 연관이 없다 해도 매일 써야 한다. 쓰는 양이 많아지면 결국 질로 바뀐다. 모임에서 원고를 완성하는 사람은 모두 이 과정을 지킨 사람이다.

32 ‥ 자유롭게 읽기 모임에 나와서 놀다 보면 책을 읽지 말라고 말려도 스스로 읽는다. 책쓰기 모임도 마찬가지다. 처음부터 잔뜩 긴장하고 글을 쓸 필요가 없다. '적은 분량의 책쓰기 놀이'를 해보는 것도 좋다. 무슨 일이든 놀이처럼 접근한다면 즐겁게 할 수 있다.

33 •• 대학병원 중환자실에서 근무하는 간호사 회원은《신규 간호사 안내서》라는 책을 출간했고, 15년 넘게 아파트 관리업무에 힘써온 회원은 두 차례 모임에 반복 참여하며 배려하는 아파트 문화에 대한 원고를 완성, 책 출간 계약을 했다. 두 회원 모두 책을 쓰며 자신의 직업에 대해 더 진지하게 돌아보게 되었고 새로운 힘을 얻었다.

34 •• 지속적으로 참여하기 위해서는 삼독모임 로드맵이 필요하다. 먼저, 읽기 모임을 통해 독서로서 기본적 토대를 쌓고(2년간 100권의 기록), 쓰기 모임을 통해 글쓰는 것(1년간 글 50꼭지 쓰기)에 대해 익숙해진다. 그리고 최종적으로 자신의 책(1년간 한 권의 책쓰기)을 써본다. 단계별 순서를 중요시하는 것은 기초체력부터 차근차근 키울 수 있기 때문이다. 삼독 로드맵 기간을 다 합치면 4년이다. 이 과정을 다 거친다면 독서모임 대학에 다닌 것과도 같다.

35 •• 1단계 읽기 모임은 세 모임 중에서 기간이 제일 길고 반복하는 형태로 진행된다. 그래서 꼭 기록을 남겨야 한다. 읽기 모임은 '참여'가 핵심이고 '기록'은 그것을 유지하게 만들어준다. 이 두 가지만 잘 지키면 독서모임을 중도에 포기하는 일은 없다.

36 •• 쓰기 모임에 여러 가지 장점이 있지만 '함께 쓰기 때문에 써지는 것'이 핵심이다. 1년간 꾸준히 참여한다고 하면 대략 50꼭지의 글을 쓰고 모을 수 있다. 이것이 쓰기 모임 사용법이다.

37 •• 삼독 로드맵에서 제시하는 것은 1년에 한 권의 책을 완성해보

는 것이다. 책쓰기 모임은 기간이 정해져야 한다. 짧게는 2~3개월, 길게는 6개월이 적당하다. 책쓰기 모임은 매번 진행 내용이 달라지고 또 책쓰는 속도도 서로 다르기 때문에 어려움도 많지만 세상에 단 하나밖에 없는 창조물인 나만의 책을 완성하는 매력은 모든 고민을 눈 녹듯 사라지게 만든다.

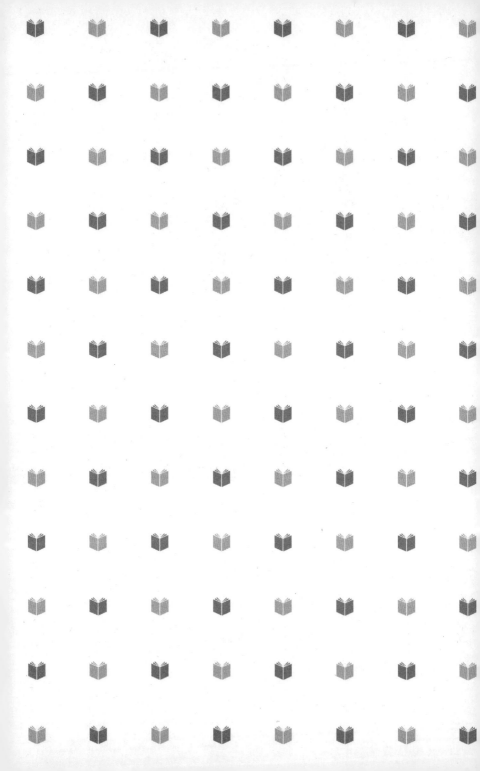